树上的夜莺

〔美〕尼基·洛夫廷 / 著　孙榕璐 / 译　么么鹿 / 绘

GUANGXI NORMAL UNIVERSITY PRESS
广西师范大学出版社
·桂林·

树上的夜莺
Shu Shang De Yeying

出 品 人：柳　漾
编辑总监：周　英
编辑顾问：杨家盛
项目主管：陈诗艺
责任编辑：陈诗艺
责任美编：赵英凯
责任技编：李春林

图书在版编目（CIP）数据

树上的夜莺 /（美）尼基·洛夫廷著；孙榕潞译；么么鹿绘. —桂林：广西师范大学出版社，2017.3
（魔法象. 故事森林）
书名原文：Nightingale's Nest
ISBN 978-7-5495-9307-1

Ⅰ. ①树… Ⅱ. ①尼…②孙…③么… Ⅲ. ①儿童故事－图画故事－美国－现代 Ⅳ. ①I712.85

中国版本图书馆 CIP 数据核字（2016）第 303274 号

广西师范大学出版社出版发行
（广西桂林市中华路 22 号　邮政编码：541001
网址：http://www.bbtpress.com）
出版人：张艺兵
全国新华书店经销
北京尚唐印刷包装有限公司印刷
（北京市顺义区牛栏山镇腾仁路 11 号　邮政编码：101399）
开本：880 mm × 1 240 mm　1/32
印张：10.375　　字数：162 千字
2017 年 3 月第 1 版　　2017 年 3 月第 1 次印刷
定价：34. 80 元

献 给 拉 里

目录

第一章

第一次听见盖尔的歌声，我并没有立即分辨出那声音是出自一个女孩还是一只小鸟。因为我从未听过那样的歌声，它是如此有魔力，即使像我这样的小孩子也能感受到。

第一次听见盖尔的歌声，我并没有立即分辨出那声音是出自一个女孩还是一只小鸟。因为我从未听过那样的歌声，它是如此有魔力，即使像我这样的小孩子也能感受到。

那时候,我正在“皇帝”的房前屋后清理灌木丛。当然了，阿扎赖亚·金先生并不是真正的皇帝。他这些年一直在我们德克萨斯州经营连锁商店，店里的商品应有尽有、物美价廉，堪称一个庞大的帝国百货，所以，除了父亲，几乎所有的人都叫金先生“皇帝”。

父亲虽然讨厌金先生，但是也没能拒绝他提供的长达十周的暑期工作。德州的夏天烈日炎炎、酷热难耐，可是没办法，母亲说我们需要钱，因为房东不会等父亲找到好工作后才来收房租，然而比起房租，父亲更在意赚些钱续费有线电视服务。因为没钱，五月末至今，他没能再看到一场棒球赛直播了。

所以，父亲必须接下金先生的这份工作，为他修剪整理一百零四英亩[1]土地上参差不齐的山核桃树。父亲是一个园艺老手，他很擅长这样的工作。至于我，只有十二岁，但这九个月我已经长高了七英寸。父亲说我年纪够大身体也够强壮了，应该趁着暑假学学他的手艺。当然，如果我搞砸了，比

[1] 英亩，英美制地积单位，1英亩合4046.86平方米。——编者注

如把金先生的山核桃树砍断了，也就活该金先生倒霉。父亲说他不会在意，反正只是为了赚钱维持生计而已。

其实，我也一点儿都不在乎是否会砍断树木。我甚至期待全世界的树都被砍光，那样更好。

初见盖尔的那天，我最先注意到的是一群鸟儿。它们像往常一样，一听见父亲的链锯声，就被吓得飞走了。只是这次，它们朝着同一个方向飞去。那些鸟儿越过金先生家高高的木栅栏，飞到了隔壁卡特琳夫人家。卡特琳夫人是寡妇，有一个和我同龄的古怪儿子杰迪。她家里还时常有其他孩子出现，都是她收养的孤儿。在我看来，卡特琳夫人并不是一个对孩子很温柔的善良母亲，至少在这几周的工作时间里，我和父亲总能听到她对儿子的吼叫声。我问父亲为什么卡特琳夫人要收养孩子。父亲说收养一个孤儿每月能领取六百美元的补助，而全县城的人都明白卡特琳夫人非常需要钱。

我耸耸肩，拖着已修剪掉的枝丫找寻合适的地方烧掉，意外看见一棵高大的悬铃木。它长在卡特琳夫人的院子里，高大的枝干快要越过木栅栏，伸展到金先生家。就在这棵大树上，我撞见了刚刚飞走的那一大群鸟儿。

成百上千只鸟儿栖息在高耸的悬铃木上，像被人涂抹的

一幅画儿。其中，红蓝色的线条其实是藏在宽大树叶间的灌丛鸦和红斑雀；黑色的线条则是成对儿的麻雀，它们停留在稍矮的枝丫上，间或混杂着黑色的山雀、捕蝇鸟和鹪鹩。我甚至通过那些彩色的羽毛数出了四只白颊鸟。

突然，一个声音飘进了我耳里，我停下脚步。鸟儿都安静地停在树上，没发出一丝响声，这声音是从哪里传来的？难道是有人在唱歌？这歌声如此美妙，我真的难以想象世上还有如此动听的歌声。

清亮欢快的音符恰似一条潺潺流动的小河，慢慢淌入我的心底。我就那样站着，拖着的香柏枝也脱离手心跌落到地上。

歌声漫过栅栏，又像艘温柔的小船最终停泊在我的心间。如此纯净醉人的旋律，虽然并没有一字一句，但要不是常识提醒我还有地心引力的存在，我想我已经陶醉地飘起来了。

泪眼蒙眬中，我凝视着这棵大树，似乎有一个比鸟儿还大的东西隐藏在树枝里。它被一些嫩枝条和藤蔓缠绕包裹着，看起来像一个鸟窝。而那动听的歌声就是从里面传来的。

我朝它迈开脚步，却不小心踩到地上的枝条。惊得鸟儿们抖动翅膀，像五彩的纸屑盘旋着升空。

歌声也陡然停止。我的心一紧，仿佛失去了最最珍贵的礼物。

我仍继续向前，终于看清楚隐藏在叶间的东西，也才意识到发出这美妙歌声的原来是人，是一个小女孩。她看起来很普通，有着和我一样的棕色头发，可是全部散落在脸旁，似乎从未梳理过，脸颊和鼻子上也粘着很多尘土。小女孩从杂枝乱叶编织的小巢里出来，爬到一根树枝上，似乎也想要看清楚我。但我知道，那细嫩的枝条根本承载不了一个孩子，即使是她这般瘦小的姑娘。

我不得不在她摔下来之前接住她，不然她会受伤的。她似乎和那些惊飞的鸟儿一样忐忑。如果我贸然开口，她或许会和鸟儿一样又飞走了吧。

我应该先取得她的信任。于是,我用最最柔和的嗓音问她：“你是谁？刚刚是你在唱歌吗？”

当她爬到更近一些的位置，我才判断出她应该只有八岁，和我妹妹芮琳一样大。

我的心“扑通扑通”直跳，再次问她：“刚刚是你在唱歌，对吗？”

她点点头，像是一株摇曳的向日葵，细细的根茎颤颤巍巍立在树枝的边缘。她赤裸的双脚有些脏兮兮的。脚趾和身体其他地方一样细瘦，像小小鸟儿的爪子，紧紧攥着枝条。

“你的歌声真美！”我低声说，“这是我听过的最动听的声音。”

她的脸颊闪过一丝红晕。

“你叫什么名字？”

她还是没有回答，看起来有点儿困惑，仿佛没听懂我的提问。

我猜她或许不懂英语，或者精神不太正常。因为我祖母每次发疯的时候就是这般模样。

我又问了一遍：“你有名字吗？”

“盖尔。”她的语气带着忐忑，声音时高时低，好像很久很久没说过话了。

“我叫盖尔。”她清了清嗓子又重复一遍。

她的嗓音有些沙哑，是那种哭过很久才会有的沙哑。我能听出来，因为我的嗓子曾经有很长一段时间也是如此。

我想她肯定是遭遇到了让她难过的事情。

我试图挤出微笑，稍稍提高音量说：“我叫小约翰。”

我随即举起自己的胳膊，紧缩肌肉，就像电视里摔跤手那样。我咧开嘴露出牙齿，把眼睛眯成缝，让自己看起来十分滑稽，想逗她笑，并解释说："'小'是因为我太瘦弱。"

她终于"扑哧"笑出声来："你一点儿也不小！"

"我没有骗你，"我回答她，"你从树枝那边看过来，我是大高个儿。其实，那是一种视觉误差。你为什么不下来仔细瞧瞧呢？小心地慢慢爬下来吧。这棵腐朽的悬铃木并不结实，没法承受你这么大个儿的姑娘。"

她再次响亮地笑起来，接着往回爬到悬铃木上，搂住主干轻轻抚慰："没关系，你不会腐烂的。"似乎我刚才的话伤害了她的树朋友一般。

接着，盖尔直起身子，晃晃悠悠地，周边的树叶也随之不停摇摆。

我提醒自己得让她赶紧下来："别再磨蹭了！"

她不为所动。

我擦掉快流进眼里的汗水，再次尝试让她下来："树上面太高了，不安全！"

她还是不为所动。

我脑袋里冒出一个主意，接着说道："如果你下来，我给你一块糖果吃。快点儿下来，好吗？"

她必须赶快下来，她在树上多停留一会儿，我就要得心脏病了。

“好吧。”她嘴上答应着却没有移动，只是轻轻地哼唱之前唱过的曲调。

而我听着听着，又流泪了。

我想我明白了一些事情。我注视着她，听着她的歌声。那歌声越来越响亮，越来越纯净，她的周身也变得朦胧起来。小小的身子笼罩在灼热的阳光下，仿佛热浪里闪烁着的幻影。

我擦了擦泪水，眯眼望着她。

她仍旧歌唱着，在天空下闪动，像是浮在深蓝色天空中的一片羽毛。

她的声音也越来越响亮，即使塞住耳朵都能听到。在这旋律如此动听的歌声里，我还听见了栅栏后边传来的开门声和尖叫声。

很显然，有人也听见了这女孩的歌声。

我回头一看，是金先生。他站在一百码[1]远的后门处，紫色天鹅绒的睡袍在他干瘦的腿边飘动。他也盯着那棵树，目瞪口呆地望着那女孩。阳光照着金先生满是皱纹的脸，闪着湿漉漉的光。我想他此时此刻也哭了吧。

[1] 码是英美制长度单位，1码合0.9144米。——编者注

这个女孩的歌声有种魔力，能让听见的人们流下泪来。

“咯吱！”我听见树枝陡然断裂的声响，急忙奔到树下。我下意识认定这个女孩一定是疯了：她根本没打算小心翼翼爬下树。她只是想像一只鹪鹩那样，爬向不能承载她重量的嫩枝上栖息。

我似乎能猜到接下来会发生的一幕：她朝着树枝的末梢爬过来，可树枝突然折断了。她尖叫着跌落下来，连同大片的树叶和枝条一起摔落在地上……

因为这些画面每晚都出现在我的梦魇中。

而我根本没办法及时跑到树下。我没有接住她，我的腿又短又小，我的手掌即使伸开也不能稳稳地搂住她，我实在是太瘦弱了。我只能眼睁睁看着她像树枝一样跌落到地上，流出的血像凤头鸟的翅膀那样红。

这就是我生命里曾经真实发生的关于芮琳的“梦魇”。

所以，我想砍光全世界的树。

砍断每一棵凶残的高大的树。

此时的小女孩正尖叫着跌落下来，我奔过去想要接住她，虽然我知道这样做也许太迟了。

第二章

盖尔摇摇头，像山雀一样越过栅栏的最高点。“我不能保证！爸爸妈妈肯定会回来找我，我要待在那里等他们。”

我竟然接住了那女孩，这太不合常理了。因为她站着的悬铃木枝并没有伸过栅栏，所以，她不可能掉落在金先生的院落这边。她一定是自己跳过来的，一定是这样。

不管怎样，她此刻倒在我的臂弯里，离那个树枝整整十二英尺[1]远。

我抱着那女孩，努力控制住颤动的身体，并眨巴眼睛，挤出落进眼里卡着疼的小木屑。被我抱在胸前的女孩，像摇篮中的婴儿。我能感觉到自己的心脏在撞击胸腔，“扑通扑通”

[1] 英尺是英美制长度单位，1英尺合0.3048米。——编者注

地响。

我真的接住了她！我救了她的性命。

女孩伸出小手放在我胸前，正中我心脏的位置。她深棕色的眼眸熠熠发光，好像根本没经历刚才的危险，眼神里没有一丝恐惧。她对我说：“你这里听起来像装了只小鼓，就是这里。”

我想要说话，却发不出声音。因为我依旧呼吸局促，紧紧抱着她，全身颤抖。

“你——”我使出全身力气说道，“你这个小傻瓜！”

我不停地摇晃着她，摇晃着，直到看见她的眼睛微微转动，直到听见她的哭声。

“你差点儿就死了，知道吗？你这样会死的！”

“我……我错了，”她咕哝道，“可我知道你会接住我的。你难道不知道你能接住我吗，小树？”

我停止了摇晃，问她：“你叫我什么？”

“小树，”她轻声回答，“刚刚……你让我想起了一棵树。”

我立即放下她。

她在地上站稳的时候小声嘀咕着。就算她的嘀咕像笛子一般悦耳，我也有些不高兴了：“以后不要叫我小树。”

“为什么不？”她站直身子，拍拍灰尘。她穿着一条破烂的牛仔短裤，松松垮垮，腰间系着一根蓝色旧鞋带。上身的紫色短袖褪色厉害，应该洗过不止五十遍。

她继续说道：“你的眼睛的颜色和山核桃树一模一样，还有你褐色的皮肤，也像。我，我特别喜欢树！”

“我讨厌树，我宁愿你叫我——”我止住了声音，脑海里回想自己跑得不够快时，父亲叫过的那些名字。这个暑假跟父亲一起伐树，我被父亲叫过无数绰号，可就是把它们统统算上，也不及“小树”这个名字让我难受，“就叫我小约翰。”

“好吧。”她一边说，一边慢慢摘下缠在头发上的小树枝，只是声音还是那样沙哑。

她的胳膊在我见过的女生里是最细瘦的，上面还有手指印大小的瘀青。我疑惑了，难道是我接住她时擦伤的？应该不是。因为那样的伤痕需要一段时间才能变成紫色瘀青。也许她的父母打过她，而且下手比较重。也许这也是她爬到树上，用棍子搭个小巢躲进去的原因。

“你的父母在哪儿，盖尔？”在没有确切答案前，我打算问问她。

盖尔的手停了下来。

“他们飞走了。”她轻轻告诉我，然后斜靠过来，用胳膊环抱我的双腿，就像此前她抱着那棵“害人的”悬铃木一般。

“飞走了？”我下意识地重复着。她是指自己的父母去世了？难道她是一个孤儿？

“卡特琳夫人在照顾你吗？”我又问道。

她没回答，只是瑟瑟发抖。

我一下子明白了是谁在她的胳膊上留下这么多伤痕。一定是卡特琳夫人的儿子杰迪——那个以往总会欺负我的坏小子。现在我长高了，他不敢再对我下手，就找了新的欺负对象。

“你家里只剩你一个了吗？”我心里还在猜想她会不会有姐姐或者哥哥，也许会有什么人能保护她不受杰迪的欺负。而且我清楚，卡特琳夫人是不会保护盖尔的。因为她总是让自己的儿子侥幸逃脱各种坏事的惩罚。上周，杰迪从我们教导老师的钱包里偷了二十美元被当场抓住。由于我们的教室和办公室仅仅一墙之隔，所以全班同学都能听见卡特琳夫人的嘲讽。她指责老师不该把钱放在如此显眼的地方诱惑她家的傻小子。所以直到现在我都不确定杰迪有没有因为那次偷盗事件受到惩罚。

我实在不愿想象盖尔会和卡特琳夫人住在一起，尤其还有杰迪。但卡特琳夫人的确能一次收养好几个孤儿。

盖尔摇摇头回答我："只有我一个。"她说着，眼睛朝栅栏望过去。

盖尔的那一瞥很快得到回应。一个声音从卡特琳夫人家的院子传来："吉尔，你在哪儿？"这是卡特琳夫人的嗓音，尖锐得像鞭子噼啪作响。

盖尔畏缩起来，像被人打了巴掌。

"吉尔？"

"你最好快回家去。"我低声说道，试着松开仍旧环抱我的盖尔。我轻轻挑拣出那些缠绕住我的双手和盖尔发丝的小树条。盖尔的头发柔顺极了，比我摸过的其他头发更加柔软。如此熟悉。我再次轻轻抚摸她的发丝，试图回忆这种柔顺的熟悉感源自何处。

"吉莉？赶紧给我回来！"卡特琳夫人的声音尖锐刺耳，惊得盖尔马上松开我的腿。我隐约听见那边的房间里传来嘈杂的摇滚乐。卡特琳夫人肯定站在她家的外廊上，但隔着木栅栏，应该看不清楚我们。来不及多想，我抓起盖尔的手，想迅速逃离卡特琳夫人的视线。

盖尔咬着嘴唇，先望向栅栏，然后又望向我。也许，她和我想的一样，我朝她点头示意。“你赶紧回去，我来帮你，”我问，“开始吧？”

“开始！”她的一只脚踩住我环绕的双手，被我托举起来。

“一……二……”我还没来得及数到三，盖尔已经顺着栅栏爬了一半高。

由于最近帮父亲干活，我又强壮了许多；再加上盖尔比一般小孩子轻，所以一切顺利。

“好啦，小小鸟，”我开玩笑地叫她，“你能保证以后远离那些大树吗？”

盖尔摇摇头，像山雀一样越过栅栏的最高点。“我不能保证！爸爸妈妈肯定会回来找我，我要待在那里等他们。”

“那个窝？”我指向树上那个一团乱糟糟的巢。

“嗯，那是我唯一剩下的东西。”她跳下栅栏，迅速消失在栅栏的另一端。

我听见她边跑边嚷嚷：“我得走啦。不过我还会回来给你唱歌的，小树——我是说，小约翰！”她低声哼哼着些曲调，直到卡特琳夫人的声音再次传来：“我没告诉你不要发出这种喧闹声吗？”

身后传来猛烈关门的声音，我下意识扭回头，想起是金先生。他一直站在门廊听我和盖尔说话吗？如果是，那他现在刚刚进屋。可是，他到底听到了多少内容呢？

父亲锯树的嘈杂声音从另一边的院子响起来。我没再多想，想起还要处理的树枝，便走回去将之前丢掉的树枝重新聚拢起来。我必须强迫自己专注起来干活，不然会疯掉的。因为我会忍不住想起盖尔为什么叫我小树，也禁不住害怕——她刚刚那一瞬间离死亡多么近啊。

我拾起那些粗树枝，把它们扔进火堆里烧掉，心里却止不住想念盖尔，试图回忆跟盖尔发丝一样的柔软曾经出现在哪里。

第三章

金先生皱皱眉，有点儿失望。但紧接着，他歪着头思考了一下。“我想你可以叫它，”他的声音变得模糊温和，“你可以叫它——笼子。”

第二天早餐时间，我还在想着盖尔，思索她的来历；猜想她的父母是如何去世的；推理着她为何能跳那么远让我接住。

“小约翰？”母亲尖利的嗓音从头顶传来，“你有没有听见我说话？”

“没有，妈妈。”我如实回答，心里暗暗庆幸此刻父亲在房外，他正往卡车里装载货物。如果让父亲看见我如此心不在焉，不但没注意母亲说话，而且还敢老老实实地承认，他肯定会责骂我的。

我转向母亲，看见她摇了摇头，用手上的叉子捋了捋遮住眼睛的刘海。我带着歉意地问：“您刚刚说什么？”

“我说，你能不能把仓库外面的死鸟清理一下？我不想让猫趁机把它拖进屋里，像上次一样藏到沙发下面。”

“好的，马上！”我迅速丢下还没吃完的早餐。我也实在吃不下去，因为培根和往常一样煎得太糊，燕麦粥里也没放盐或糖。自从妹妹芮琳去世后，家里最大的难题就是没有可口的饭菜。但我从没将这些想法表露出来。至少今天，母亲起床做了早饭，而不像前些日子，每天都睡到晚饭时间，不停地哭喊着妹妹芮琳的名字。

我知道的，疗伤需要一个过程。就好比吃下那些糟糕的食物，需要时间消化一样。如果母亲能从悲痛中恢复过来，即使是杯子，我也愿意吃掉。

我想母亲一看见我就会想起芮琳吧。春天的时候，母亲略有好转，因为那段时间我每天都去学校。可现在是暑假，我只能每天都在家里待着……也许我应该出门去。

“妈妈？”我一边伸手去拿门后的工作手套，一边问母亲，“你有没有听说卡特琳夫人新收养了一个女孩？我昨天似乎遇见了一个。”

“应该是，”母亲停顿一会儿后回答，“娜塔莉·马哈尼在店里聊起过一个新来的女孩。她说瓦莱丽·卡特琳也不确定要让那个女孩待多久——因为那个女孩会爬树，还不停地吵闹。”

吵闹？她是在说盖尔的歌声还是别的？

母亲继续说：“可怜的瓦莱丽·卡特琳，她可真善良，要照顾这么多可怜的小孩。”

“卡特琳夫人才没那么好。”我不禁反驳母亲。我一直想不明白为什么县城里所有的女人都觉得卡特琳夫人收养小孩，就是圣徒一样的大好人。估计是卡特琳夫人在公众场合表现出善意。但我敢打赌，如果她一个人在家，肯定非常讨厌那些孩子，包括她自己的儿子。

“我们一起祷告很多年了，小约翰。卡特琳为那些孩子祷告，膝盖都跪痛了。”我还是无法理解，但显然母亲的声音听上去有点儿不高兴，我赶紧转换了话题：“你有没听说过那女孩父母的情况？”

“这个我可以问问，不过你现在快去收拾那只死鸟，不然天热起来会发臭的。”她说完离开餐桌，走去水槽洗盘子。

我怔住了，想起芮琳还活着的时候，母亲总会亲亲我的鼻子跟我告别。可是现在，运气好的时候母亲也只是点点头而已。

也许是因为我长高了，母亲碰不到我鼻子了吧。

“晚上见，妈妈，我爱你！”

母亲没有回应我。她只是背对着我，用力地擦洗煮锅，像是锅上沾了比培根油更恶心的东西。我走出房间去清理地上的死鸟。

其实不管那些鸟是死是活，我都不介意这份差事。曾经，我花过很长时间研究我们片区的各种鸟类。而且我很小的时候，就希望长大后成为一个鸟类科学家。奶奶说那是鸟类学者，她还说我一定能达成所愿。真的，她一直坚信这一点。

三年前我生日时，奶奶还没有去世。她送给我四本鸟类方面的书作为礼物。其中我最喜欢《奥杜邦鸟类全鉴》[1]和彼得森的《鸟类野外手册》[2]。这些书并不便宜，它们都有硬壳的书封，精美的文字，内页还附有许多彩色图片。书的扉页是奶奶留给我的签名：“永远爱你！奶奶。”这些书我都一直好好保存着，每当我看见它们，就觉得奶奶并没有离开。家里很多长辈在我还没出生或者很小的时候就去世了。所以我明白，奶奶去世以后，就再也不会有人送我书，甚至不会再有礼物了。

我依稀还能记得书里的内容。起初我认真读那些书是为了芮琳，因为她总是在后院看见鸟儿的时候不停问我它们的种类。渐渐地，我觉得读书是一件很有意思的事，因为读书，我比周围的人懂得更多：鸟儿鸣叫的时候，我能通过它们的声音分辨它们的不同之处；鸟儿飞翔的时候，我能通过它们的形状和颜色辨别出它们的种类。总之，读书让我觉得自己变得更聪明。

---

[1] 约翰·詹姆斯·奥杜邦（John James Audubon，1785年~1851年），美国画家、博物学家，他绘制的鸟类图鉴被称作“美国国宝”。——编者注

[2] 罗杰·托瑞·彼得森（Roger Tory Peterson，1908年~1996年），博物学家、鸟类学家、艺术家和教育家，被认为是20世纪环保运动的奠基者之一。1934年，他出版了影响深远的《鸟类野外手册》，这是第一部现代的野外手册。——编者注

实际上，我知道自己并不聪明——学校的成绩单就能向全世界证明这一点。当我拿着鸟类书籍进行展示并且讲解的时候，我的老师诺曼就笃定地认为我不可能成为一个鸟类学者。“你连字都认不全呢，小毛头！”她语重心长地说，“现实一点儿！只有那些天赋异禀的人才会追求那样的职业。”诺曼老师总喜欢用深奥的词汇，她那样说让我觉得自己愚蠢极了。

也许，这些鸟类知识对别人来说无关紧要，反正没有老师在意这个。可是芮琳不一样，她在意极了，她觉得我是世界上最最聪明的哥哥。

母亲让我清理的这只小鸟是家燕，估计是从仓库附近的鸟窝掉下来的。这只家燕小小的身体上有柔软的绒毛，覆盖住整个腹部。它应该是早上刚死去的，因为此刻它的周边没有聚集什么蚂蚁，它的小身体也尚有余温。我脱下手套，捧起家燕。它小小的脖子耷拉在我的拇指边。我捧着它穿过草地，想着如何处理。一年以前，我和芮琳总把找到的小鸟和蜥蜴的尸体一同烧掉。邻居欧内斯特和他妹妹伊萨贝拉会帮助我们，一起为尸体举办完整的葬礼，我们会用鲜花来装饰，念悼词来送别。

也许……也许我该找找他们。我听见从欧内斯特家传来小车比赛的声音，但我很犹豫。

我和欧内斯特从三岁开始就是最好的伙伴，可自从我告诉他对视频游戏一点儿兴趣也没有后，他已经好几个月没再搭理我了。

其实那不是我的真心话。父亲为了补交电费，把我的游戏机典当出去。我只是不想让欧内斯特知道我家里的窘境，才找了如此蹩脚的理由。我宁愿他误会我，也不想让他知道实情，真的，没人乐意让别人知晓自己的圣诞礼物被父亲卖掉了。

类似这样的误会已经发生，我知道抱怨是没有用的。其实这样也好，没有了芮琳，伊莎贝拉就可以黏着欧内斯特。

伊莎贝拉曾是芮琳最好的朋友，她们俩比双胞胎还要亲密，什么事情都会一同经历。伊莎贝拉遇到麻烦的时候，芮琳一定会第一时间冲过去安慰和陪伴。她们剪同样的发型，穿同样的衣服，玩同样的游戏。以致这段时间里，母亲一见到伊莎贝拉就会难过，比见到我时还要难过许多。

我又听见伊莎贝拉的叫嚷声从房内传来："关掉电视来陪我玩芭比娃娃，欧内斯特·怀德！不然我要告诉妈妈你一点儿都不称职！”

我强忍住不笑出声来。伊莎贝拉是他们家的小司令，牢牢“控制”着爸爸妈妈。无论欧内斯特怎么抱怨，他们的父母总会更相信伊莎贝拉说的话。

我想，如果此刻不去帮忙，恐怕欧内斯特要跟他妹妹玩一周的娃娃了。而且，我很清楚自己该怎么帮助他。

我捂住嘴巴，发出救护车般响亮的口哨声。其实我会模仿很多种声音，比如消防车，比如警车。以前，女孩子们在房子周边寻找生病或受伤的动物时，我和欧内斯特就会这样吹口哨。欧内斯特从四岁开始就梦想自己成为一名司机。他想开救护车，或者邮递车。我如果放弃鸟类学者的理想，应该也会选择做一名司机。一想到我和欧内斯特能一起开车绕着米尔斯县[1]转悠，我就特别开心。因为常常这样幻想，于是救护车演练就成为我们那时最喜欢扮演的游戏。要是遇到断尾的蜥蜴，我们还会让女孩子们扮演医生进行抢救。但是有时候……

此时的我透过铁丝网栅栏凝视着伊莎贝拉为死去的动物

[1] 米尔斯县（Mills County, Iowa）是位于美国德克萨斯州中部的一个县。面积1,942平方公里。——编者注

们建立的坟墓：数十根小木棍交叠在一起，用褪色的胶带缠绕固定。我想起父亲以前总说伊莎贝拉是一个“细腻的小东西”。是的，她的确爱捣鼓这些。

我用哀叹的尾音停止了哨声：这是代表验尸官的声音。每当确定动物死去，我们就会发出这样的信号。

“葬礼！”伊莎贝拉尖叫着，像听见冰激凌车一样兴奋，“欧内斯特！小约翰捡到了一些死动物，我们去看看！”

传入我耳内的还有些断断续续的句子——“我的《圣经》在哪儿？没有《圣经》我做不了祷告呀！”——接着我听到了一串脚步声。

我的心跳加快，我想接下来我应该有时间和他们一起举行葬礼；我要去采一些小雏菊；我要跟欧内斯特解释为什么不和他玩游戏机……我真的真的很想他。

然而父亲的货车却在此刻响起了喇叭声，响亮又急促。

我知道自己必须得离开了。我只好把小鸟扔过栅栏，差点儿扔到欧内斯特家的后廊上，然后转身离开。

我有点儿难过：伊莎贝拉一会儿出来看见我走了一定很失望吧？欧内斯特也会一样失望吗？这段时间他有想起我吗？有怀念我们一起玩的快乐时光吗？那些日子，我们一起闲逛，一起玩游戏，一起上学，一起打闹……我真希望还能像从前一样。

我深吸一口气，又觉得自己想多了。不管有没有我在场，他们兄妹俩都会开心的。他们会找到我扔进去的小鸟，会继续举行葬礼，欧内斯特也不用陪妹妹玩芭比娃娃了……我强迫自己停止这些思绪，准备开始这一天的工作了。

父亲的车行驶在去金先生家的大路上，车载音响播放的乡村音乐有些忧伤。

“你准备好了吗？知道怎么清理树枝吗？”父亲问我。他从烟灰盒里拿出一块糖，剥开银色的糖纸，塞进嘴里，散发出一股好闻的奶香味。接着，他递给我一块。我没有吃，把糖迅速装进口袋里，想着带给盖尔尝一尝 。

“嗯！”我回答父亲，“我们今天要去砍什么树？”

“悬铃木，反正是棵无关紧要的树，所以即使你没准备好也不要紧。那个白痴——”父亲说的是金先生，“——本来让我跟卡特琳夫人商量一下，要把那棵树全部砍断。可是昨天他又突然变了主意。”

说完，父亲向车窗外吐口水，有几滴又飞回车内，落在了仪表盘上。父亲接着说："他肯定是怕浪费钱！"

我没有应答，呆呆地盯着窗外，脑袋里认真思考着，关于金先生，关于钱，还有这个县城里大多数贫苦的人们。

我们这儿并不是州里最小的县，却也摆脱不了逐年衰落的命运。大部分年轻人选择外出谋生。从我家开往金先生家的这条路上全都是些老旧的民房，大多只有一层。有的红灰色砖瓦垒砌的小院里放着供鸟嬉戏的水盆，有的院子栽种了一些花。一路上还经过了两个教堂，布鲁克兄弟杂货铺，和一个饲料店。那家饲料店旁的拖拉机上有个巨型广告牌，上面写着：新型玉米！本周售卖，售完即止！说实话，我一看见这个就忍不住笑，因为这个牌子放在那里至少有三年了。

车内的空调早就坏掉了，我干脆摇下车窗，沉浸在凉爽的夹杂着马鞭草气味的晨风里。

终于抵达金先生家。父亲下车后，指向一棵树告知我那就是今天的工作任务。我顺着方向一看，是盖尔那天躲藏的悬铃木，也就是有她小窝的那棵树。我内心十分高兴，因为那棵树的存在对于盖尔来说就是一种危险。

金先生正站在门前等我们。他脸庞通红，看起来像憋着一口气，但也有可能是砖墙的红色透过晨光折射在他脸上。

金先生的家几乎是县城里最漂亮的房子。砖块垒砌的两层楼，有长长的门廊，干净又敞亮。听母亲说，金先生家的清洁员每天都会来为他打扫房子，窗子也会擦洗。可窗子周围镶嵌的白色木雕以及门廊上那些高大的白色柱子却和整个砖楼并不协调。这些白色建筑仿佛是被人刻意从典型的南方庄园搬放到这座北方砖楼前似的。我觉得即使打扫得一尘不染，也与周围的建筑不协调，但是看上去的确让人印象深刻。

金先生今天没有穿睡袍，取而代之的是炭灰色的三件套西装。他抬手招呼我们时，有明晃晃的东西在他手腕处一闪一闪，可能是钻石袖扣。因为我听人八卦过，金先生有用钻石做纽扣的晚礼服。

“约翰，”金先生朝父亲点点头说，“你今天是计划砍南边的树吗？”

父亲强挤出微笑，鞠躬般点头回应：“是的，金先生，我是这样打算的。”

我看不下去，忍着性子转过身，认真看着路边的一排蓝色小花。这些花朵栽种齐整，两两间隔约 6 英尺，看起来比较开阔。可是这些花再长大些就会显得很拥挤。不过金先生肯定不会在乎，估计到那时，他就会让园丁把花儿全部挖出来扔掉，再找些更漂亮的花儿重新栽种吧。

“今天上午，你能把你儿子借我用一会儿吗？”金先生的话立刻吸引了我的注意力。

“什么？做什么？”我脱口而出。

父亲用手紧紧拽着我的胳膊。

我试图镇定下来，金先生却满怀期待地看着我。

“先生，抱歉！”父亲开始回答，“我需要儿子帮我修剪整理那些树枝。”

“我觉得你儿子离开你几个小时不会对你的工作有什么影响。”金先生的声音十分温和，可是眼神却透露着毋庸置疑。他习惯了说一不二。

显然，父亲也不会如此轻易地妥协。他点了点头说：“可是这样，我干活就需要更多的时间。时间长了，费用自然会高些。”

金先生挥挥手，钻石再次闪耀光芒：“这个完全没问题！”就像打发一个前来加水的服务生一样。

我的父亲从不会刻意隐藏自己的情绪，也没有人提醒过他这一点。他也真的太容易发脾气了，而且他的情绪总能通过表情传达出来。虽然通常情况下，这是很好的警示，因为这样我很容易观察他。如果他快要生气的时候，我就能及时抽出胳膊，不被他逮住。然而此刻，即使父亲已经在极力强压自己的怒火，我还是从他的脸上捕捉到了屈辱的情绪，我想这是因为金先生如此轻松地就用金钱把他打发了，而且那些钱在金先生眼里根本无足挂齿。

我真希望父亲能隐藏好自己的情绪。因为我瞥见金先生正抖动着眉毛，估计想憋住不笑出来。看到这一幕的我也羞辱得脸颊通红。

金先生朝前走了几步，朋友般亲切地拍拍父亲的肩膀，说道："去吧，约翰，等会儿再来修剪梧桐，你可以先清理那些山核桃树。而且我只占用你儿子一小会儿时间，他很快就能回来。"

"你让他做些什么？"父亲继续问，和我刚刚的问题完全一样。

"哦，就是一些很轻松的园艺工作，"金先生一边说着，一边引导父亲往货车那边走，"比如清理一下花苞里的蜗牛，总之就是类似的工作。"

父亲再次晃了下脑袋，最终答应了金先生，然后转身走向货车。他没有回头看我，也没有再说些什么。

我转头问金先生："先生，你能带我看一下蜗牛在哪里——"

金先生立刻打断我的问话："我们还有很多时间去做那个……不是吗，小约翰？对了，你喜欢你爸爸吗？"

"喜欢。"我不假思索地回答。我觉得他肯定还有别的事情想问我。

金先生的眼睛布满了血丝，密密麻麻像树叶的纹路；黑眼圈很深，看上去似乎有一个月没有睡觉了。我继续问道："除此之外你还有什么事情需要我去做吗？"

"实际上，是想问你个问题。"金先生的视线从我身上移开，停留在了栅栏那一边的悬铃木上。我静静地看着悬铃木的叶子缓缓飘落下来，等待着他的问题。可金先生没有再说话，只是凝视着栅栏上某处，又或者是栅栏的右上方。

过了很久，我突然问道："是关于盖尔的吗？"

我想我的问题似乎让他吓了一跳。

"谁？"他回过头来，嘴唇微微颤抖，却并没有生气。

他接着问："你是说那个唱歌的女孩？那是她的名字？"

"是的，她叫盖尔。"我又重复了一遍。

“我以为……我听成了其他的名字。跟我说说，你还知道些什么？”

我察觉到，金先生问我这些问题的时候，他久经沧桑的脸上流露出从未有过的表情。那种表情就好像小孩看见公路上开过来的糖果车一样，是一种期待和贪婪。

我一点儿也不喜欢那种表情。于是我后退一步，回答金先生：“你为什么不亲自去问她？”

“我尝试过。”金先生依旧没有看我。

“我清晨听见她在唱歌，于是走了过去。她似乎很害怕。她——”金先生似乎在笑，但又好像只是吹了一口气，“——她飞走了。”

飞走了。盖尔也是这么形容自己父母的。难道金先生真的全部听见我们上次的谈话了？他对盖尔充满了兴趣，但又不仅仅是兴趣。从他的脸上，我能确定还有别的——别的很不简单的目的。

我不禁脊背发凉。顿时很庆幸盖尔“飞走了”，因为金先生一定不怀好意。

我又后退了几步，对金先生说：“那么，你去问问卡特琳夫人吧。”

他叹了一口气：“我试过了。但她……没有回答我。”

难道连脾气不好的卡特琳夫人也认为金先生对盖尔的动机不良？如此看来，卡特琳夫人也没有想象中的那么坏。

金先生终于收回视线看向我，并且当他看见我脸上的表情时，竟然愉快地笑了，像圣诞老人那样的开怀大笑：“哈哈，小约翰，你真该看看你此刻是什么表情！”

他停顿了一下，接着说：“你这样看着我就好像我要绑架那个小女孩一样。”

“你会吗？”我尽量自然地问道，不让自己的语气里带有质疑。

“我当然不会绑架她！”金先生又说，“好啦，不要再绷着脸啦。你比你父亲还要糟糕，把所有的想法都写在脸上，你这样将来会变成个穷光蛋的。”

对此，我没有回应。听见金先生那样谈论我的父亲，好像我父亲既可怜又可悲，我觉得五脏六腑都是痛的。我也为自己刚才的想法感到耻辱。

金先生轻快地笑了几声后调整了情绪。他倚靠着楼梯栏杆继续说道：“你想要保护她，这种做法非常棒！而且值得尊敬。”

“谢谢！”我终于发出声音，心里却思索着金先生最后那句话。从来没有人对我说过尊敬这样的字眼。但我仍旧弄不明白金先生到底想要干什么，于是我接着追问他：“那些蜗牛……”

“好吧，我承认。我没打算让你帮我清理花园。”他扬起嘴角笑着，“我其实想跟你谈谈那个女孩，但并没有什么邪恶的目的。”

“那是为什么？”说实话，我并不十分清楚他所说的“邪恶”是什么意思，我还是不能相信他。但这次，我变聪明了些，试图不让他看出我的疑虑。很显然，我成功了。

金先生收敛笑容，变得严肃起来。他随即转过身子，领着我走进那栋大房子：“进来吧，我想让你看一些东西。”

在此之前，我并没有机会目睹金先生家里的摆设。我想大部分人也没机会见识，他几乎从不邀请朋友来家里做客。总之我母亲和她的八卦朋友们都没见过。当然，她们闲谈的时候聊过金先生——谈论他的家产，讨论他为什么独自住在我们这个偏僻的小县城，想象他每天都在他的大房子里做些什么。

想到这些，我有点儿激动，因为我即将揭晓这些谜题。我要努力睁大眼睛记住每一件看过的东西，这样的话，我就能回去告诉母亲。要知道，她最喜欢听到八卦。

刚进房间时，里面光线很昏暗。我的眼睛一时不能适应，可能错过了一些东西。但我能大概辨认出前厅里放着一些木板，应该是核桃木或者熟樱桃木，还有一些雕刻精美的桌椅。房间里没有花朵，墙上也没有画儿，但似乎挂着盘子？不，是瓷器，毕竟不会有人在墙上挂一串盘子吧？

我想起母亲曾经说过金先生的百货公司最初是专门出售瓷盘的。

那些瓷盘便宜但易碎，通常用一两次就碎了。母亲结婚的时候有人送过她一套，现在还剩下一个，在圣诞节时用来装过蔓越莓。

我想这些墙上的盘子肯定也易碎，但价格应该不菲。相比较而言，它们更像是博物馆里陈列的收藏品：精致，但不能触摸。我深吸了一口气，放在口袋里的双手用力捏了捏，糖纸的摩擦声让我慢慢平静下来。

金先生引导我沿玄关向内走。脚下的地板在昏暗的光线下像是玻璃，不过应该是大理石，上面还镶嵌着蓝色和绿色的图案，极具异域风情，但看上去冷冰冰的，和空调吹出的冷气一样。

这股冷意，也让我想起学校教导主任的办公室。欧内斯特总说教导主任把办公室的空调设置成了北极的温度，这样犯了错的学生还没被叫到里面就会冷得发抖。我去过一次教导主任的办公室，原因是和杰迪打架。欧内斯特说的一点儿没错，那个房间真的很冷，让人瑟瑟发抖。

一想起教导主任，我便开始颤抖起来。

“我的书房在这边。”金先生说完，拉开一扇门。

我跟进去，双脚立刻陷入厚厚的地毯上。虽然不可思议，但是这个书房真的比外面还要阴冷许多。

“小约翰，这就是我想要的。”金先生边说边指着书房中央的一个矮桌子。

我不清楚那是什么。但我发现金先生的眼里又开始出现贪婪的神色。

这让我不寒而栗，他到底在暗示什么？我走过去仔细查看，却仍不明白自己应该看什么。

矮桌上有几个闪光灯，一个麦克风，还有一些带着转盘和把手的黑盒子。应该是一个电脑和老式收音机的改装产品。

我疑惑地问道："这是什么？"

金先生皱皱眉，有点儿失望。但紧接着，他歪着头思考了一下。"我想你可以叫它，"他的声音变得模糊温和，"你可以叫它——笼子。"

第四章

人们常说金钱买不来幸福，可只有富人才会这么说吧。我们家已经穷了好长时间，十个月来，因为贫穷，我一点儿也不开心。我并不清楚金钱能不能买来幸福，但是五百美元至少能换来一点点快乐吧。

下地狱！——我后退一步，差点儿发出诅咒的声音。

这个人一定是疯了，我要立刻逃离这里，不然我也会疯的。但我随即想了一想，没有离开。因为金先生这句话并不是在威胁我。况且如果他想要对盖尔做些什么，我至少要待在这儿弄清楚。

我强装镇定，打探起来：“你说的‘笼子’是什么意思？”

金先生没有立刻回答我的问题，只是摆动面前那个机器上的把手。

我趁机环顾四周：一整块的大玻璃窗户挂着半透明的窗帘。墙呢？墙上挂满了唱片，看上去应该是原版唱片。金色相框里塞满了各种歌手的照片——虽然不知道他们的名字，但照片上那些人体型高大，着装正式，我猜应该都是些歌剧家。所有的照片签名都称呼金先生为“亲爱的皇帝”，或者写着“致我最爱的君王”。

难道金先生以前是音乐家？带着猜测，我希望在房间里搜寻到一些乐器——比如钢琴、吉他或是长笛。然而什么也没找到。整个房间只有一把椅子，桌子上的机器，以及塞满了文件之类的架子。

“你说的‘笼子’是什么意思呢？”我再次问金先生，以此提醒他我还在这里。但他只是用手指按下一个按钮，并小声地示意我听。

一个女人的声音从机器里传出来，不，确切地说应该不是从机器里传出。这声音像是从墙外传来的雷声，又像是潮汐时的海浪声，从四面席卷而来。

声音到底从哪里发出的呢？我突然意识到，是那些墙壁！他把音响镶嵌在书房四周的墙里，这样声音就能从四面八方环绕而出。

“声音关小一点儿！”我捂着耳朵嚷嚷。

金先生站立良久，他闭着眼睛，脸庞闪闪发亮，独自沉浸在音乐中。过了好一会儿，他才拧了一下某个开关。声音小了，也没有那么强烈了。

“我最喜欢这一段，”金先生开始说话，并指了指椅子，“你坐下，听一听，下面这个调子——就这个——听听看她是怎么掌控曲调的，怎么表达它，让你产生共鸣以后又这样轻轻结束。太棒了，简直就是魔法，我要征服它，我要一个人细细品味。”

我却听着曲子摇头抗议，因为根本听不出金先生描述的那种愉悦。我所听到的就只是一个女人唱歌剧而已。但我没有说出口，我所在意的是金先生为何称那个机器为“笼子”。

那个“笼子”会不会跟盖尔有关系？

金先生一定是察觉了我此刻的表情，知道我没有认真听。他嘀咕了起来，像是说“没教养”，然后关掉了音乐。我的耳朵仍然残留着震动的嗡嗡声。

“谢谢！但是声音有点儿大。”

“我以为你们小孩喜欢热闹一些的音乐，”他有些不开心，摆弄着他的袖扣，“摇滚乐之类的。”

“嗯……其实……”我的声音弱下来。我不想承认自己并不喜欢那些音乐，但又不想花时间解释这些，不管是摇滚还是歌剧，对我来说都不重要。我现在只关心盖尔。

“你为什么要叫它‘笼子’呢？”我第三次问，试图让自己的语气听不出任何怀疑，“它是个音乐播放器，对吗？”

“是录音机。”金先生纠正我，他再次把手移到开关处，仿佛一刻也不要移走。“我是一个音乐收集人，小约翰。”他朝一个黑盒子挥了一下手。“我不收集邮票，”他挑了挑眉毛，“也不收集那些电视广告里宣传的瓷娃娃。”

我的脸“唰”的一下红了，因为前几个月我还看见母亲把她最引以为豪的“富兰克林娃娃”小心地放进衣橱里。

“我收集声音。”

“你怎么收集呢？”

他笑了笑，仿佛我终于问对了问题。

“我去世界各地旅行，把近三十年来世界上最好听的人声都收集起来——它们全在这里。”金先生指了指那些架子继续说道，“起初是唱片，接着是磁带、CD机，现在是数字音乐——这个更好，因为能捕捉到每一个音符的震动。”

他站起来，朝墙边走去。“这是专门为声音打造的‘笼子’，非常棒。所有的这些声音，就像是关在鸟笼里的鸟。”他开始笑起来，“我把这个房间打造成一个录音棚，我还植入了隔音层、麦克风。”

“所以，这是个录音棚？”我环顾四周问道，“你接下来要录谁的声音？”

他的笑容慢慢延伸，从嘴角到脸颊，然后到闪着光的眼睛。“这正是我想说的。十几年来，我一直在寻找最美的声音，我想现在已经找到了。”他的眼睛望向窗外，那里正是卡特琳夫人家的方向。

我顿时明白了一切。我想要赶紧跟盖尔说明一切，越快越好。

“金先生，我还是不太知道你想让我干什么？我很乐意帮你清理蜗牛，或者院子里的其他杂物。但是，这个……我帮不上忙。”我指着他的仪器从容不迫地说。

金先生的笑容变得僵硬。“我觉得你可以，而且你也一定会帮我。况且我并没打算伤害那个女孩，或者——你。”他收住声音，但我们彼此都心知肚明没说完的话：即使他伤害了我或者盖尔，我们也无力抵抗。他又继续补充道：“或者你的父亲。”

我屏住呼吸，强迫自己镇定下来。我想他是不会伤害我们的……如果我能帮助他达成愿望的话。

我站起来，来到他右边，又迅速后退一步。这是我第一次仔细打量金先生的身高。他比我要矮一点儿，大概五英尺六英寸[1]。我比他要壮一点儿，但也没什么用。就算我个子高大点儿，他还是比我强大太多。金先生可以轻而易举地毁了我的生活：他可以开除我的父亲。母亲已经为了我们目前的生活愁眉不展，房租也马上要交了。如果金先生现在开除了父

[1] 1英尺约合0.3048米，故5.6英尺约为1.7米。——编者注

亲……

“你想要我做什么？”我尽量让自己的声音里没有情绪。害怕？生气？屈辱？还是恐惧？我心里一团乱麻。我紧握双手，试图让手指不再颤抖。

“很简单。”金先生说道，“我想让你请你的朋友来我家唱歌，就在这里唱。这个不难吧？”

我犹豫了，难道不是圈套？“只是……唱歌？”

“对，只是唱首歌。我想把她的声音录下来，这个应该没问题吧？”

过了好一会儿，我才开始回答。“我……我试试。”接着又问道，“可是，你为什么不自己直接问她？”

“我试过。”他笑了，“不知道为什么，每次她一见我出来就跑掉，要不就躲在那棵大树上。”他停顿了一下，又开口说：“她在那棵树上搭了个窝，不是吗？”

“是。”

我突然想起盖尔的头发，那种柔软，似曾相识。我试图回忆那种相似的柔软，以致没听见金先生接下来的话。

“——如果接下来几天你能把她带到我的房间，我就给你五百美元。这个听起来合理吗？”

“什么？”金先生在和我谈钱吗？“对不起，我刚才没有听清楚，百什么？”

“五百美元，”金先生再次重复，并缓慢朝门口走去，我紧跟在他身后，一起穿过玄关走回挂满瓷盘的大厅，“如果你能说服那个女孩到这里唱歌给我听。”

他为什么要给我钱？我的感觉非常不好，似乎还有什么事情金先生没有跟我说明白。五百美元！那是父亲工作一周的薪水。五百美元！我可以买好多东西：欧内斯特那样的游戏机；MP3 播放器；我能给母亲买新衣服，带她去餐厅吃饭；还可以给父亲买鱼竿。

我小的时候，父亲还是个很棒的钓鱼能手。每逢周末，他都能带回来很多鲶鱼和太阳鱼让母亲给我们做大餐。父亲以前对我说过，只要有鱼竿，就不会饿死。

可是，芮琳的葬礼过后，父亲就立刻卖掉了他的鱼竿。父亲说钓再多的鱼也不能操办一场隆重的葬礼，只有钱可以。

人们常说金钱买不来幸福，可只有富人才会这么说吧。我们家已经穷了好长时间，十个月来，因为贫穷，我一点儿也不开心。我并不清楚金钱能不能买来幸福，但是五百美元至少能换来一点点快乐吧。

可是我又想起了盖尔：她无辜地坐在树上，胳膊上还留有伤痕。我不想让她再次受到伤害。

不，小约翰！我心里挣扎着，你不能让金先生胡作非为！

只有征得盖尔的同意，金先生才能录下她的歌声。不然的话，我一定会揍金先生的，好歹，我还是比他高大一些。金先生的手指细软，胳膊短小，看起来养尊处优，我想只有富人才是他那个样子。

我回忆起盖尔躺在我怀里的感觉，她小小的身体，还有她的笑容。如果有必要，我一定会尽全力保护她。

可是，这样也没什么会伤害到她吧？毕竟只是一首歌，金先生说他只是想要录一下盖尔的歌声。

“我会问问她。”终于，我对金先生说道，“她今天应该不在家。”

“学校几周后才开学，而且今天早上，我也听见她在外面唱歌了。”金先生停顿了一下，把手放在前门的门把手处，“她的声音真美，不是吗？你以前听过任何与之媲美的声音吗？”

“没有，你呢？”我说道，我记得那种声音的美妙，有一股魔力要把我带离地面，飞向天空。

“我也没有。”金先生轻声回答我，眼睛又开始闪着亮光。

他关上门的那一瞬间蹦出了最后一句话：“从来没有。”

走到屋外，太阳刺得我直眨眼睛。我绕着房子转了一圈，看看能否劝说盖尔到金先生的“笼子”里来。

第五章

盖尔脸上洋溢起笑容，她接过糖果，剥开糖纸吃起来。似乎被这甜蜜的糖果俘虏了，她终于说出她的名字：

“好吧，我告诉你，那是夜莺的歌声。妈妈说，那是世界上最美妙的声音，所以我的名字叫南丁格尔。”

盖尔并不在树上，于是我穿过金先生的前院，朝卡特琳夫人家走去。卡特琳夫人家的房子是灰砖垒砌，只有一层。因为年久失修，胶泥已经从砖缝里沁了出来。大门上的黄铜也锈迹斑斑。门铃应该是坏的，因为本该是按钮的地方露出一大截电线。我内心泛起了波澜：这房子可真“漂亮”啊。

其实我们家的大小和卡特琳夫人家差不多，虽然我们的房子是用木头和葡萄藤搭建的。以前母亲每年都会大扫除两次，在那样的精心维护下，房子也比较美观。可自从去年开始，母亲便没有再打扫过。或许这个暑假我能帮她清理清理排水沟或者小院，就像往年那样，不知道母亲会不会开心一些呢？我耸耸肩，告诉自己不要想七想八了，因为这次我是来找盖尔的。

我把手放进拳头大小的门铃凹陷处，重重地敲响卡特琳夫人家的木门。屋里立刻传来吼叫声——“杰迪，快阻止她！估计是监督员来了。”——接着，脚步声由远及近直到门边。我迅速缩回手，一不小心被那团电线划伤，指关节留下了血痕。

“真蠢！”我骂着自己，把手放在后背想擦掉那些血迹。

门陡然开了，盖尔站在那里。室内的冷气蹿了出来，吹乱盖尔的头发。

她的头发比上次更加凌乱。这让我想起了芮琳，我想起以前和她玩耍后回家，母亲总会指着芮琳的头发开玩笑说像鸟窝。母亲会一边帮她梳理，一边抱怨那些发丝间散落的刺果和野花。

盖尔站在那里，冲我灿烂地笑着。可我，却瞧见她有一边脏兮兮的脸上的泪痕。“嗨，树。”盖尔小声跟我打招呼。

我本想提醒她不要叫我“树”，却发现杰迪·卡特琳不知何时出现在了盖尔身后，抬起一只手，似乎要抓住盖尔，或是打她。而盖尔，也敏锐地感到杰迪在身后，本能地躲开了。

我深吸一口气，想要走进屋内——如果杰迪敢打盖尔，我就会让他吃点儿苦头——幸亏他及时收手，并打招呼说：“啊，是小约翰呀。”他突兀地把手放在头发上，试图用挠头发掩盖刚才的所有举动。

“谁呀？”卡特琳夫人甜美的声音顿时响起。我想她肯定以为是监督员来了。

“哎，是小约翰·费舍尔。”杰迪大吼道。

卡特琳夫人的嗓音立刻恢复常态，尖锐中带着乖戾：“他来干什么？”

杰迪转头问我：“对啊，你来有什么事？”

“我想和盖尔谈谈。”

“谁，你要找谁谈？”杰迪看上去十分不解。

盖尔早已溜到门边儿，没有再看我一眼。

“她！”我手指着盖尔，想弄清楚发生了什么。

“你是说苏西？你找她干吗？”杰迪刻薄地笑了，“她告诉你她叫盖尔？”

此时，盖尔的双臂紧紧环抱在一起。

杰迪继续说道：“我记得妈妈跟你说过！不要再叫自己盖尔！盖尔不是你的名字，苏西！”然后，他又瞪大了眼珠告诉我：“你应该知道吧，她就是个疯子。她的真名叫苏西·麦格尼格尔，我们这里是她今年换过的第三个家了。”

我仍有疑惑，盯着盖尔。可她尽可能回避我。

“第三个？”

“是啊，她从前两个家里逃了出来。”

“她肯定有自己的理由。”我回瞪杰迪。心想，前两家的主人都和卡特琳夫人一样的话，盖尔逃跑压根儿就没有错。

“是吗？起初，她说要去找爸爸妈妈。这就算了。可现在，她竟然说自己的爸爸妈妈是鸟？！她说他们会飞到这儿来找她。天啊，她甚至还在树上搭了个鸟窝。害得我们昨晚上花了好大工夫才把她从树上弄下来。”杰迪说完打开门，准备迎我进去。

“谢谢，我不进去了。你能让她出来一下吗？你们是怕她又跑了？”

“开什么玩笑！咱们这儿够偏僻的。他们也明白，苏西这次没地方可逃。估计这也是他们同意我妈妈多领养这个小孩的——”杰迪突然住了口，他似乎意识到自己说错了话，脸涨得通红。他回头瞪了一眼盖尔，继续问我：“你找她干什么？她得罪你了吗？”

我该如何解释？是告诉他金先生想让盖尔唱歌，这样我就能得到五百美元？我想起卡特琳夫人前天说过盖尔的歌声很吵，所以我不能提唱歌，这样会给盖尔带来麻烦。我突然想到一个主意。

“哦，是这样。我妈妈想了解下她的情况，因为她正在帮忙给周围的孤儿分发一些学习用品。”我说的其实是实情——母亲每年都会给这些“小可怜”送点儿小礼品，“妈妈想问问她书包喜欢什么颜色。”

看来没必要解释太多，因为杰迪显然被屋里播放的体育节目吸引了，不知道是足球还是篮球比赛。有一瞬间，我真想进去看看，因为我已经好几个月没看过体育频道的好节目了。我家也有一台电视，却没有钱交电视节目费。

我又觉得这个想法很可耻。我应该去找隔壁的欧内斯特才对。还记得去年，我们约定轮流在彼此家里观看“美国职业棒球赛”，这是我们俩之间又一个新约定。可是，随后家里突发的情况让我很窘迫，我并不想让欧内斯特知道。于是，就像游戏机一样，我告诉他我再也不喜欢棒球了。

自从那个四英尺长的松木棺材和葬礼花光了母亲所有的积蓄，我几乎放弃了所有需要花钱的喜好。

杰迪点点头算是答应了：“那你要小心看着她。妈妈说督察员来之前要给她洗澡。不要让她跑了，哦，‘飞走’了！”他嘲讽地笑着。

我一点儿也笑不出来，甚至想揍他一顿。

杰迪重重地关上门。

盖尔走了出来。她轻声对我说：“谢谢你，树！”

“不要那样叫我。对了，苏西？你的名字不是盖尔吗？”

“我真的叫盖尔。”

盖尔眼神坚定地回答我，然后转身回头，确定门已经关上后开始在院子里小跑起来。

她跑跑跳跳，旋转着胳膊朝我说："快过来，慢乌龟！"说完，她钻过坏掉的铁丝网朝后院走去。我默默跟在她身后，感叹起来：芮琳以前也是这般欢呼雀跃，像一个久坐教堂的小孩子一下得到解放般兴高采烈。

卡特琳夫人家的院子比较大，至少有三英亩。三面都是破烂的铁丝栅栏，唯独与金先生相邻的那一面是高高的木栅栏。当然，那是金先生出钱修的。我敢打赌，金先生肯定是因为不愿看见卡特琳夫人的破房子，但金先生不想看也得看，因为他的房子要高出一大截。

卡特琳夫人家的院子比较潮湿，每到黄昏和夜晚，湿乎乎的草坪上方就会聚集一大堆蚊子嗡嗡作响。

现在因为是早上十点钟，阳光正烈。盖尔跑在草地上，脚边带出一串串水晶般闪亮的露珠来。

我想，她的名字究竟是什么对我来说已经没那么重要。

终于，在离房子很远的一棵古老的山核桃树旁，我追上了盖尔。她蹲在树下，被我脚底踩着的果壳声响惊动。盖尔抬起头，看着我。

也许是刚才没有留心，也许是室内光线较暗，我此刻才注意到盖尔的脸上有一块红色印记。我托起她的脸问："是杰迪干的吗？”

她摇摇头，没有说话。

随后，盖尔摘下脚边的蒲公英，轻轻吹起。蒲公英的种子在阳光下舞动，越飞越远，消失不见。

“那是谁干的？”

她耸耸肩，又摘了一朵蒲公英，说：“只是个意外，我也不想的。”

“不想什么？”我尽量温柔地问，虽然肚子里的怒火已经喷发到嗓子眼了。

盖尔靠在我身上，她的头发轻轻拂过我的胳膊。

我轻柔地拍着她，一下，两下，三下……就像小时候母亲安抚我那样。可是我母亲——她已经很久没有这样安抚过我了。

母亲曾说过，我已经是小小男子汉，不应该再像个婴儿那样柔弱。我应该像大人一样被平等对待。

其实，我也很开心自己比以前强壮了很多。我的肌肉很结实，手也更有力气，现在还能帮父亲干活……只是，我以前从来都不知道，原来人的成长会被迫失去内心深处一些柔软的东西。如果芮琳还在，我或许还能感受到那一丝温暖。

盖尔依偎着我继续说道："我本来不想唱歌，可是卡特琳夫人被火炉烫伤了，我以为自己唱歌能帮助她……但是……没有用。"

我不懂盖尔所说的唱歌怎么能帮助卡特琳夫人。也许她以为这样可以给卡特琳夫人精神安慰吧。我早该提醒她这样无济于事。去年，卡特琳夫人曾拒绝过她收养的两个小孩去参加五年级的毕业游泳聚会。她甚至因为孩子调皮而惩罚过他们。

还有刚刚杰迪不小心说出来的话也让我有所怀疑：或许有些督察员也认为卡特琳夫人不友善。或许那两个小孩之所以没参加聚会，是因为卡特琳夫人或杰迪打了他们而不想被人发现。盖尔看起来十分伤心。我有些心软，于是换了话题："盖尔，为什么杰迪说你的名字叫苏西？"

"他们才叫我苏西。"盖尔不以为然。她扯了三根长长的野草顺手编起来，还将草地上零星的粉色报春花也编在一起，"但那不是我的真名。我假装答应，是为了不再解释下去，可有时候我会忘了。"

"那你的真名是什么？"我不禁问道，"我是指你的全名？"

"我本来不想说，"她低语，"就是这个名字带来了许多麻烦。”她朝下看了看自己的短袖继续说道：“这是昨天牧师带来的衣服。”我才注意到这件红蓝色条纹短袖不是盖尔昨天穿的，虽然并不破旧，可一点儿也不合身。

“因为牧师告诉卡特琳夫人我不能脏兮兮的，他说还会派一个督察员来。然后，他又问了我的名字，卡特琳夫人非常生气。”

“为什么？”

盖尔站起来，跑到悬铃木边：“她说如果表现得不正常，就把我送到更坏的地方去。她让我少说话。”

我知道卡特琳夫人这样做的原因。如果盖尔表现不好，他们就会把盖尔送走，那么卡特琳夫人有可能会收养一个更能吃的或者更折腾的小孩，再或者他们就不让卡特琳夫人收留小孩了。这样的话，她还怎么赚钱呢？

“过来！”我站起身来，掸掉了落在衣服上的蒲公英种子，“告诉我你的名字吧，我不会跟任何人说的！”

“要不我给你一个线索！”盖尔说完唱起歌来。这声音和我以前听过的某种鸟叫声十分类似。说实话，无论红雀、乌鸦，还是草地鸟和鸽子，我都能听出它们的区别。但是这种声音，比我听过的任何鸟叫声都更加优美动人。

“你能猜出来我的名字吗？”

从一种压根儿不能辨别出来的鸟叫声中猜出她的名字？这种感觉，就像是数学老师明明知道我不会却仍然让我解出一道六年级的数学题那样让我为难。我用手背擦了擦脸上的汗珠，尴尬地回应：“对不起，我猜不出来。”

她摇摇头，眼里闪烁的光芒黯淡了：“好吧，我告诉你。但是你要跟我保证不会告诉别人，如果卡特琳夫人发现……”她的声音低沉下去，接着用手轻轻触摸脸上的红印。

“我不会说的。”我认真地回答。

但我指的是我将不会告诉盖尔，我会把卡特琳夫人的所作所为告诉母亲和父亲。因为我想帮助盖尔从卡特琳夫人家逃出来。

尽管我已经答应替她保密，盖尔还是很担心。那种担心的表情，母亲的脸上也曾有过。那时候，母亲正被房东催缴房租。可是，在小孩子的脸上出现这种表情让我很不忍心。她像是背负着全世界所有的重担，一直忐忑不安。

真希望我有能力挥去她眼睛里的不安。我想起来自己口袋里的糖果，于是掏出来递给她：“我带了这个给你。”

盖尔脸上洋溢起笑容，她接过糖果，剥开糖纸吃起来。

似乎被这甜蜜的糖果俘虏了，她终于说出她的名字："好吧，我告诉你，那是夜莺的歌声。妈妈说，那是世界上最美妙的声音。所以我的名字叫南丁格尔。"

"南丁格尔？"我重复着她的名字，想象着什么样的父母才会为孩子取这样的名字，她的父母又遭遇了什么。我觉得，为孩子取名为南丁格尔的父母应该买不起车，因为父亲说过那是一种嬉皮士的名字。

但是，我很喜欢这个名字，它很适合盖尔！

"这个名字真好——喂，停下来！"盖尔爬上了那棵悬铃木。她单手爬向她的窝，嘴里叼着刚刚用花草编织的皇冠；另一只手捧着像珍宝般的糖果纸。我不曾见过爬树如此之快的人，她就像一只栖息在树上的鹪鹩，从一根树枝跳到另一根更高的树枝,快得让我看不清她是如何抓住树枝的。看着看着，我都有点儿反胃了，差点吐了出来。

我提高了声音叫嚷道："盖尔，快下来！"

她也许听出了我声音里的焦急，于是停下脚步朝下问我："为什么？"她歪着脑袋，头发波浪似的散向一边："你不跟上来吗？"

爬树？我也许该笑一笑的，可不知为什么心里异常难受。

我沉默了，直感到一阵阵的恶心想吐，脖子上满是黏黏的汗珠。

最终，我还是打破沉默："我不爬树。"我望向金先生家的房子，想起自己来找盖尔的目的，于是接着说："我们去做些别的事情吧。"

盖尔抱怨起来，嗓音虽不似从前银铃般的悦耳，却娇憨得让我发笑："小约翰，你上来吧，我想给你看一样东西！"

"你可以把它拿下来，"我粗暴地打断她，"我没时间了，我还要去隔壁干活！"

"干活？什么活？"

“我要去花园清理蜗牛，还要帮爸爸处理金先生的那些山核桃树。”我一边回答，一边盘算着将对话引入金先生所说的那件事上。

盖尔兴奋地差点儿从树上摔下来：“啊？是你在照看金先生的树？”

我笑了：“不只是照看，我们这周会砍掉两棵，剩下的树也要修剪。”

她沉默了一会儿，带着恐惧问我：“你们要砍掉那些树？”

“是的。爸爸说我可以独自做些事情来帮助他，我已经长大了，也足够强壮。”我连忙鼓起肌肉，向她展示。

“小约翰，求你不要砍树。”盖尔从树上爬了下来说道，“我很爱那些树，它们……它们是我唯一信任的东西了。”

“信任？”我拼命抑制自己的笑意，“信任那些树？”我摇摇头对她说：“听着，盖尔，那些能做木材的树不会被砍掉，但是金先生家的那些老山核桃树，枝干都快腐烂了，如果不修剪，会很危险的。”

“它们一点儿都不危险。”盖尔反驳我，好像我是个白痴一样。

我有点儿生气了：“我知道自己在说什么！之前有一个女

孩从树上摔下来死掉了，那棵树比你搭窝的这棵小多了！”我头也不回地往栅栏边走。

盖尔跟在身后，一双柔软的手搭在我的肩上：“谁？”

“我妹妹……”

我哽咽得厉害，我强忍着不让自己哭出来。最近的十个月里，父亲说过不止五十遍了，哭是没用的。真的，当有些事发生后，哭，一点儿用也没有。

“我很抱歉！”盖尔轻轻拉起我的手。她触摸到我被门铃划伤的皮肤对我说：“这里，我知道你这里很痛。闭上眼睛，让我给你唱首歌吧，这样你也许会好过点儿。”

她真可爱，竟然想用歌声减轻我的疼痛。可是我还没来得及让她唱给金先生听。我想我应该等一等，捉弄一下她。

栅栏那边，金先生家的后门打开了。也许因为个子还不够高，我不确定是不是金先生出来了。我闭上眼睛，对盖尔说：“那么，你就唱吧。”

起初，曲调十分忧伤，甚至夹杂着哭腔。当我意识到盖尔这次并没有发出鸟声时，我把眼睛闭得更紧了。这些曲调非常高昂，听起来像是有目的，或者说有某些深意。没有词语，却拥有魔力——它们像燕子一样在我周身飞绕，轻轻驱散我

内心的伤悲，那声音萦绕在我的喉咙，停留于我心间，包裹了我的全身。

我的手指开始微微刺痛。听到翅膀震动的声音时，我睁开了眼睛。无数只白头翁停留在栅栏上，歪着头，似乎正陶醉于盖尔的声音。此时的曲调转换了旋律，变得轻柔起来，尤其是最后的尾音，如一阵清风徐徐吹拂。声音止住，那些白头翁也扑棱着翅膀飞走了。

“这场景真神奇。我从没见过——”

“你好些了吗？”盖尔问我。

我以为她是在问我心情好点儿没有，就点点头。

可盖尔却有一丝不耐烦。她再次拉起我的胳膊说道：“小约翰，你连伤口都没看一下，就点头。”

我这才发现，盖尔正认真检查我手上那些带着血迹的伤口。她想看到什么呢？

“没关系，这些伤口一周后就会好的。”我回答她。

“不，你看！伤口已经好多了。”盖尔微笑着举起我的手。

的确，那些留在我手指的伤口，几乎都消失了。

第六章

我清了清喉咙回答她："嗯，我好了，所以……"她也认为是她的歌声治愈了我的伤口？如果我们彼此都这样想，那肯定是幻觉吧，难道，这一切都是真的？

“全部都好了？”盖尔连问了我两次。

我不知道如何回答。因为我几乎不能正常思考了，只是盯着我的手指。我清理掉残留的血痂，发现那些苍白的伤口竟然看上去像多天以前的旧伤。

我有点儿不敢相信。

我真的无法相信！这实在超出我的想象。虽然我清楚当时自己的手指擦伤并不严重，可手指的确流血了，而且我的衣服上还残留有血印！

我舔一舔自己的手指，想再次确认。一股铁锈味掺杂着咸咸的味道充斥着我的味蕾。

我看着盖尔，惊讶地呼唤她的名字，尽管此刻，她没有看我。

她只是轻声低语，像一股柔和的清风带着嫩草的香甜：“有用吗？小约翰，有没有用？”

我清了清喉咙回答她：“嗯，我好了。”所以……她也认为是她的歌声治愈了我的伤口？如果我们彼此都这样想，那肯定是幻觉吧，难道，这一切都是真的？

我的脑袋嗡嗡作响，这肯定是个幻觉。估计是我刚刚猛烈呼吸导致的缺氧，要不就是太阳热过了头。

我恢复了理智，却假装以为这一切都是真的。“我没事了，谢谢你，盖尔。”说完，我坐了下来。裤子上还散落着一些蒲公英的种子。

盖尔紧挨我坐下，她双臂环绕膝盖，像一只受了惊吓的白头翁，好像我不经意的一个移动就会把她吓走了一样。

我抚摸她的头发，想要安抚她：“没事了。没事了。对了，你怎么能唱出这么好听的歌？”

“你是说那些能治病的歌？”

我点点头，努力让自己保持镇定，好让她以为自己的歌声真的有神奇功效。即使有时候发挥得还不够稳定。

“你会替我保密的，对吗？爸爸妈妈说，除了那些树，我不能告诉任何人。”她如此郑重其事，让我禁不住点头保证。

“当然不会。所以……你可以通过唱歌治愈伤口？”

她点点头然后又摇摇头：“有一点儿用吧，其实我真的做不好。妈妈可以，她能通过唱歌治愈很多东西。我还不行，我只能治愈一些很小的伤。”

“就像刚才的划伤？”

她微笑了，点点头，一脸骄傲。

“那可真棒！”

随后，我们彼此静默着。

父亲伐木的锯齿声从栅栏那边传来。我在这里待了多久呢？应该不到十分钟，但我知道父亲是不会惦念我的。

可卡特琳夫人却惦记着盖尔，因为，我听见她刺耳的嗓音又从房子里传来："那个女孩子在哪儿？"

盖尔同样听见卡特琳夫人的喊声。她迅速爬上那棵悬铃木，快得我根本来不及抓住她的腿，结果让那些粗树皮再次划伤了我的手。

我尽量轻声唤着盖尔，以免让卡特琳夫人听见："快下来！盖尔！"我想起来自己没问盖尔是否愿意为金先生唱歌呀。我内心痒痒，还有点儿惦记那五百美元。毕竟，它可以买好多我想要的东西。

我不能再跟她闲扯下去了，于是我催促盖尔："快点儿下来，就现在！"

"不！"盖尔生气地说，"她一点儿都不好。你现在的样子跟卡特琳夫人一样，我要待在自己的窝里！"

我真的很无奈，非常希望欧内斯特此刻就在我身边。因为他总是有办法让伊莎贝拉做一些他想要做的事情。他很会说服自己的妹妹。我想如果他在，他肯定能想办法让盖尔从树上下来。

有一次，欧内斯特和妹妹一起去学校，他想让伊莎贝拉走快点儿。那才是伊莎贝拉刚开始上幼儿园的第一周，才上了四天，就说自己生病了，幼儿园也乱糟糟的，脚步也就越来越慢。于是欧内斯特就告诉她，他要跟芮琳一起去上学。伊莎贝拉听完后几乎是一路小跑，紧紧跟在我的身后。

我想也许类似的方法能奏效。我缓缓挪动脚步，假装自己要走，并不时回头观察盖尔。

我说："好吧，本来我是想问问你，愿不愿意去金先生的花园帮我一起清理蜗牛。这个是有报酬的，本来我想征求卡特琳夫人的同意让你帮助我。既然你不下来就是不愿意了，那我只好去问问杰迪了。"

说实话，我怎么会找杰迪帮我？我恨不得把他扔下山崖，或者抓住他狠狠揍一顿，只是盖尔并不清楚罢了。

想到这里，我突然觉得自己不够诚实。为了让盖尔爬下树，我撒了谎，虽然我是真心想保护她。可是这感觉糟糕透了，是的，我欺骗了她。

这都是为了一件大好事，我心里想。因为这样做可以帮助我得到钱；盖尔也有可能逃离卡特琳夫人的魔爪，这个对于盖尔来说非常重要！而钱对于我，也很重要。

我的胃开始翻江倒海。每当有罪恶感的时候，我的胃就会难受。这种感觉让我想起有一次在学校食堂食物中毒后，我整整拉了三天的肚子。

那滋味超级难受。于是我转向盖尔，打算向她认错。

可这时，盖尔说话了："你等等！"

我知道，我的话奏效了。

我加快脚步，地上的树枝和叶子被我踩得咯吱作响。我克制自己不去想象盖尔如何从那么高的悬铃木上下来，只有加快步伐，才能让我不动摇。

"等等，树！小约翰！"

一只滚烫的小手从身后伸出来。

我牵着盖尔的手，一起回到卡特琳夫人家的前门。

这一次，我敲门时小心避开了那团裸露的电线。大门一下打开了，卡特琳夫人直直地站在那里。我想她肯定正准备出门寻找盖尔。

卡特琳夫人的表情严峻而呆板。母亲每次大扫除的时候也会有这种表情，那种不悦却又下了很大决心的表情。

盖尔躲在了我的身后。

“早上好，卡特琳夫人！希望您不要介意，我想请您帮帮我。”

当我向卡特琳夫人解释金先生让我去花园帮忙的时候，我看见她嘴角的皱纹越来越深。

“你这小小年纪能去花园做什么？”卡特琳夫人随口回答我，却在我直起身，看见我有多高后，什么也不问了。然后她摇摇头，似乎对我突然之间长这么高有些失望：“好吧，但我还是不明白你为什么需要苏西？”

“那个矮牵牛花架需要整理一下。”我撒谎了。虽然金先生的园丁这几周都请假了，但是他离开的时候已经把花园打理完毕，可是卡特琳夫人并不清楚这些。

“花园里有很多蜗牛，还有些杂草，我要去帮爸爸整理那些树，”我停顿了下，轻轻挥舞手臂，让她确信我结实的肌肉可以帮助父亲干活，才继续说道，“那是个大工程。金先生也希望花园的活能一起干完。所以我想盖……苏西是否可以帮帮我清理花园。而且，我可以付给她酬劳。”我继续说着，看见卡特琳夫人仍不太认可，于是补充道：“虽然酬劳不多，总好过没有吧。”

“那个督察员四点才来。”卡特琳夫人像是在自言自语。

“记得把钱带回来给我！”没等卡特琳夫人独有的嗓音在这暖和的空气里弥散开来，盖尔就已经跟着我走出了卡特琳夫人家。

“你做到了！你把我从卡特琳夫人家解救出来啦。”

“那当然，咱们走吧，小囚犯！”我开玩笑地说着，耳边传来的锯齿声提醒了我，“不过，我真的要帮父亲干活！”

我还要带盖尔去金先生的录音棚吗？我在考虑。这个想法让我感觉有点儿恶心，好像是吃了腐烂的三明治。

但也有可能我只是饿了吧。于是我告诉盖尔：“我们先去吃点点心吧。”

我们跑着从金先生家的前门经过，一路上有理无理地大笑着。

当我们来到货车边时，父亲早已等在那里，他的表情如果让卡特琳夫人看见，一定乐坏了。

第七章

金先生的眼睛让我联想到了乌鸦。乌鸦总是会盯着路上那些死掉的东西。我突然惶恐起来，他的凝视像尖锐的鸟嘴刺入我的后背，仿佛我不按照他的要求去做，就会发生更加可怕的事情。

“儿子，你去哪儿了呢？”父亲扭动着门把手问我。

我敢肯定父亲接下来要责骂我，可他看到了盖尔。他睁大眼睛，再三眨了眨，想要看得更清楚一些。我知道父亲为什么会有这样的举动：我上一次牵着手一起奔跑的女孩是芮琳。 盖尔跟芮琳身高相似，长相却很不一样。但是，她们跑步的姿态却又非常相像：那种轻快又无拘无束的奔跑，像是要脱离地面飞起来。

“这是谁？”

我趁着父亲关注盖尔，悄悄望向金先生的房门，猜测他是不是站在那里观察我们；他是不是以为我这次带盖尔来一定是为他唱歌的。

“这个是卡特琳夫人新收养的孩子，我想让她帮我一起清理花园。”

“不行！”父亲说完，转过脸去。

“爸爸，求你了！”

父亲的态度突然强硬起来，嘴唇紧紧咬着：“我说了，不可以。你现在快去把那个花园清理干净，然后把这个‘小尾巴’给我送回去！你知道的，我有八十多英亩的树要处理，我需要帮手。”

“可如果她来帮我的话，我们会快很多的。”我积极向父亲争取，也不想让话题偏得太远。

父亲轻声但很坚定地回答我：“我们需要这份工作的每一分钱。所以，把她送回去吧！”

此刻我真的希望盖尔能暂时回避，去别的地方玩一玩。这样我就有时间告诉父亲卡特琳夫人的所作所为，我要告诉父亲盖尔胳膊上的伤疤，还有我的猜测。

可是我根本没有时间说明，因为金先生来了。

前门开了，金先生走出房门。他仍旧穿着昨天的西装，对我说：“啊，太好了，小约翰。你真的把盖尔带来了，棒极了！”

我很想告诉他，盖尔来完全不是为了给他唱歌。

父亲此刻却说话了：“他让你带她来这儿的？”

“算是吧。”我想说些什么，却什么也说不出来，舌头像打了结一样拧巴。

盖尔紧紧抓住我的一条腿，紧得让我感到脚上都没有血液流动了。

真奇怪，金先生越靠近，盖尔把我的腿就抓得越紧。我只好低头问她：“盖尔，你怎么啦？这位是金先生。”

盖尔什么话也没有回答，只是用我的牛仔裤挡住她自己的脸，摇摇头。

金先生已经走到我们身边，而盖尔的全身都在颤抖。

我觉得金先生也注意到盖尔的反应，所以没有试图和她说话。金先生转向父亲说：“哦，对了，约翰，那些山核桃树的木料你打算怎么处理。有一个和我熟识的人开了一家公司，他可以把那些山核桃树打造成很不错的家具。你现在有没有时间来看看他的网站，我不确定这些树有没有那么大。”

金先生虽然是在问父亲，声音里却透露出一种命令似的暗示：很显然，他希望父亲立刻停止工作，去他家里讨论家具的事情。

我后退几步，拖着盖尔远离即将到来的纷争。因为我相信，父亲肯定会拒绝金先生，并且会明确告诉他，怎么处理那些山核桃树。

但是父亲竟然没有这么做。他紧闭嘴巴，默默点头，然后跟在金先生身后往走廊那边去了。他一句话也没有对我和盖尔说，仿佛压根儿就忘记了我们的存在。

看着他们走远，我小声对盖尔说：“你在干吗？小笨蛋，松开我的腿！”

但她只是没有刚才抱得那么紧了，并笑着说：“我不是蠢鹅[1]。我是一只夜莺。”

“哈，你真是个笨蛋。”我拨弄她的头发继续说道，“你很害怕金先生吗？”

盖尔不回答我，只是用脚趾头在地上画圈圈。

“是因为他闻起来像樟脑丸吗？”

盖尔“扑哧”笑了起来：“不是。”

“那是为什么？”

“他跟我说话的时候，像是……”她看见脚边的卵石，于是松开我的双腿，想去捡那块卵石。

“像什么？”我弯下腰，托起她的下巴，看着她的眼睛继续问，“他跟你说话的时候像什么？”

“像一只大乌鸦。对，就是一只乌鸦的感觉！”

我琢磨着盖尔的意思——乌鸦？乌鸦声音比较大。但是她并没有说金先生的声音像乌鸦。我想弄清楚，于是问盖尔：“乌鸦？是一种什么感觉？”

可是她此刻正被一只黄色的蝴蝶吸引，追逐着那只蝴蝶朝屋后跑去了。

[1] 原文“silly goose”中的“goose”除了表示鹅，也有“蠢货、笨蛋”的意思。——译者注

也好，我心里想着。那边正是需要清理蜗牛的地方。如果有蜗牛的话，我一会儿可以再问问她乌鸦的事情。

我希望盖尔所感觉到的乌鸦，不会影响到她为金先生唱歌。毕竟，五百美元可以买好多鸟食了。

事实证明，后院确实有好多蜗牛。接下来的时间，我和盖尔都在后院清理那些蜗牛。我们把蜗牛从花朵里摘出来，喂给那些等在草丛中的知更鸟和松鸡。那些鸟儿叽叽喳喳地叫个不停，父亲叫我回家，我都差点儿没听见。

“你快走吧！”我回头看看金先生的房子，对盖尔说道，

“哦，等等，还有钱！”卡特琳夫人肯定希望盖尔能拿到报酬。于是我一边让盖尔等着，一边跑去货车那儿。

父亲已经为金先生工作了一段时间，他的手套里通常会留下一些零钱备用。

我果然摸出了一些硬币和小票，把它们卷好，然后跑回盖尔身边对她说：“给你，把这些钱给卡特琳夫人。告诉她，我周一的时候还会再给一些。”

盖尔紧紧地攥着钱，好像一不小心掉在地上就会消失一样。她重复着我的话：“周一？要等到下周一？”

“嗯，因为我住在县城的另一边。”

“盖尔！”一个温柔的呼唤从盖尔的身后传来，我吃了一惊，原来是金先生。他走路太轻，我和盖尔根本没有发觉。

“你今天有时间为我唱歌吗？”

盖尔似乎被呛了一下：“唱歌？”

“对，在屋子——”金先生看了我一眼，没有再说下去，皱起了眉头。我在旁边一直用眼神示意金先生不要继续说下去，我想他应该是领会了我的意思。

“别担心，盖尔，我刚刚说错了。”金先生又转回来看着盖尔，他的一只手想靠近盖尔，似乎要拍拍她或者是抓住她，又或者……

然而还没等金先生做完那个动作，盖尔已经溜走了。

我们看着盖尔惊慌地跑过草地，几乎是飞过栅栏爬回那棵悬铃木。她躲进了那个鸟窝里。

我听见了硬币掉落的声音，我知道，卡特琳夫人肯定会生气。

当货车引擎发动的时候，我听见了父亲朝这边喊道："走吧，小约翰！"

金先生却抓住我的胳膊。他棕色的眼睛透出怒气来："你在搞什么鬼？"

"我没有，先生。"我慢慢地回答他，思索着自己该怎么解释。我想我应该告诉他实情："我今天还没来得及问盖尔。她有点儿，有点儿不正常。除了卡特琳夫人，她什么也不想说。而且，我刚刚准备问她唱歌的事情，你就出现了。再给我一点儿时间吧。"

"多久？"

"一周。"我打算说服卡特琳夫人让盖尔帮我一周的时间，"我会带她来你的院子清理蜗牛，让她慢慢地适应这里。"

金先生看起来很疑惑。我谄媚地笑着说："你自己也说过，她是个很胆小的女孩。你看看她现在还躲在那个鸟窝里，就像一只小小鸟，我们得慢慢接近她才行。”

终于，金先生点了点头：“好吧，就一周，下周五以前。”我的心情终于放松了一点儿。金先生肯定看出来了，因为他又紧紧抓住我的胳膊，十分不友善地警告我：“听着，我给你报酬让你说服那个女孩来唱歌，这不是在开玩笑。所以不要耍什么花招，不然你会后悔的！”

“不会的，先生，我绝对不会耍花招。”我向金先生保证。

此时，父亲的货车引擎再次发动。

金先生放开了我，我借机跑向货车。我能感觉到金先生的眼光一直停留在我身上，这种猜想让我联想起盖尔所说的像乌鸦的感觉。可我仍旧想不明白，因为金先生的声音听起来很正常。可是，可是他的眼神？金先生的眼睛让我联想到了乌鸦。

乌鸦总是会盯着路上那些死掉的东西。我突然惶恐起来，他的凝视像尖锐的鸟嘴刺入我的后背，仿佛我不按照他的要求去做，就会发生更加可怕的事情。

第八章

我很庆幸没有人知道弥其实是我的过错，这就是我如此努力工作的原因。我真的很想弥补自己的过错，尽管已经于事无补，可我还是想尽力为自己的家庭做些贡献。

那天晚上，我打算告诉母亲有关盖尔的事情，虽然我明白自己不该在这种时候打扰她，因为她这段时间一直处于悲伤之中。

我回到家里，看见母亲正坐在芮琳的房间，她在整理抽屉。一直和她待在一起的猫咪一看见我就溜了出去。它是芮琳的宠物，现在还时不时待在芮琳的房间。

“妈妈，你在干吗？”我轻声问母亲，希望不要惊到她。我站在这里，并不能看见她的脸，不知道她是不是又在流泪。

“只是帮她整理一下房间，这样看起来舒服一点儿。”过了很久很久，母亲才说了这么一句话。我都不确定她是否听见我刚才的问话。

“又没人进来过，它是什么样就是什么样啊！”

“闭嘴！你不要那样说。”母亲打断我。

母亲竟然让我闭嘴？我知道再说下去或许会更糟糕。她觉得我的回答很荒谬，可是我说了什么让她动怒，而且生气到如此地步？然后我突然意识到自己刚才的话有些歧义：“我不是那个意思，妈妈。我只是想说，没有人会进来乱动东西。”

母亲手里握着几条丝带，外面的阳光漫过堆积灰尘的窗户照射进来，那些粉色丝带也晕染上阳光的色泽。粉色，是芮琳最喜欢的颜色，不过，她的发带有很多种颜色。以前，母亲每天都会帮芮琳编法式辫子。我想母亲并不是在意芮琳头发的发式，她此刻摸着那些丝带，是为了能再次感受以前帮芮琳编辫子的美好时光。芮琳的头发非常柔顺，像小婴儿的毛发，金色中微微带着酒红色。

过了很久，母亲把那些发带放回去，合上抽屉，转过身对我说："你去布置下餐桌吧，我想静一静。"

我本该出去，可是我没有。我花了整整一天的时间把想说的话憋在心里，此时此刻，我很想对母亲说。

我依靠在门边，张开嘴巴："妈妈，我想跟你谈谈盖尔。"

母亲并没有回应。我仍旧继续说着："我觉得她非常可怜，可能还被杰迪，甚至卡特琳夫人虐待过。我看见她脸上的伤疤了。"

"她脸上一直都有伤的，"母亲的声音恍惚而轻柔，脸上带着微笑，"她每次吃冰激凌总会把奶油滴在下巴上，衣服上也都是。我敢打赌，给她洗衣服用的洗衣粉都快赶上她的体重啦。"

唉，还是一点儿用都没有。母亲总是能把话题转移到芮琳身上。

我沮丧地打算离开，却又听见母亲开口说话，我只好停下了脚步。

“小约翰，你现在要好好照顾她，听见了没有。学校里如果有人欺负她，你一定要狠狠地揍回去，别害怕，我不会让你爸爸因为这种事情责罚你的。记着，一定要保证她的安全。”

我知道母亲说的还是芮琳。但她不知道我们都不再可能保护芮琳了，母亲只有在好的时候才能意识到这一点。而此刻我担心的是盖尔，我一定要好好照顾她。

“我会的，妈妈！我一定会好好照顾她。”我允诺着，走出房门。心里记挂着盖尔脸上的疤痕，我要想办法保护她。

我整理着餐桌，希望父亲从商店回来的时候母亲也能从芮琳的房间出来。

我希望父亲不要把一周挣的钱都用来买啤酒了。下周五我们房租就到期了，母亲说过，父亲这几周的工作报酬再加上她的积蓄应该够交房租了。不过，我现在也学会了不去抱什么希望。

父亲回来了，带回来三块牛排和三瓶杰克·丹尼尔[1]。我

[1] 杰克·丹尼尔（Jack Daniel's）是著名的美国威士忌品牌，以其方形酒瓶和黑色标签为主要特征。——译者注

从来没吃过这样的牛排，尝起来像骨灰一样无味。母亲哭嚷着抱怨父亲浪费钱，而他对我们不理不睬，打开酒瓶，坐在电视机边，调试着为数不多的频道。我知道，不管我们吃什么都味同嚼蜡。因为那件事情带来的悲伤没法愈合。

第二天，父亲仍旧酩酊大醉。母亲把自己关在卧室，偶尔出来就和父亲数落钱财之事。父亲也会对吼回去。房间里窗户都打开着，我相信街道上的邻居都能听见他们的争吵。

我捂住耳朵回到卧室，用椅子抵住门。每当这种时候，我几乎都是待在床上，大声朗读奥杜邦的书，试图通过这种方式屏蔽掉那些烦心的吵架声。

我专心寻找有关夜莺的图片。然而我的书里只有北美的鸟，压根儿没有夜莺的任何信息。

周末的时候，只有我和母亲去了教堂。父亲仍然在家里倒头大睡。

我规矩地坐在母亲身边。

她正低着头，非常虔诚地为什么事情祷告，可能是在祈祷父亲不再酗酒。我听见自己背后有响声，于是睁开眼睛，往身后看，原来是伊莎贝拉。她和家人坐在后面，鬼鬼祟祟地发出声音，然后蹑手蹑脚来到我的右边坐下。我也瞥见了欧内斯特，他转转眼珠耸耸肩，我也耸肩示意。伊莎贝拉真是个勇者，只要她决定的事情，谁都不能阻止。

当大家站起来唱下一首赞美诗时，伊莎贝拉撞了撞我的胳膊。我弯下腰，假装自己也在唱。

“什么事？”

“你错过了葬礼！”她瞪大眼睛告诉我。

“什么葬礼？”我刚说完，就想起来那只被我清理的死鸟，“是那只小燕子？”

“对呀，它可真美。我们挖了一个大坑埋它，在上面铺上石头，这样猫就不能来捣乱啦。我们还唱了十四首赞美诗，还有牧师布道时唱的悼词呢。”她顿了顿，看见我母亲投过来的目光，于是压低声音继续说，“我们还为它制作了一个器皿。”她终于吐出最后一个词，缓慢又低沉。

“器皿？给鸟？”

她“咯咯”笑了：“是呀，一到晚上，就有很多小蟋蟀和其他昆虫聚集过来，棒极了。”

母亲清了清嗓子，我和伊莎贝拉立刻停止交谈，一起安静地等牧师布道。一直到比较嘈杂的章节，我们才又开始耳语。

“你为什么不留下来？”伊莎贝拉轻声问我，轻得我几乎没有听见，“我们都很想你，欧内斯特也想你。”

“我不能。因为我要工作。”

“可是，”她擦了擦自己放在木质椅下面白色皮革的鞋面，接着说道，“可是，你只是个孩子，为什么要去工作呢？”

我知道答案是什么，尽管我不打算说出口。整个布道的过程里，我都在思考这个问题。跟伊莎贝拉在公告栏边玩耍的时候，我仍然在思考这个问题。

其实我听到过很多妇女讨论我们家的事情。她们在谈论我父亲，还有那棵橡树，那棵已经腐烂却还屹立着的橡树，那棵跟芮琳有关的橡树。我知道，教堂里的人都在为芮琳的死谴责我的父亲。

我很庆幸没有人知道那其实是我的错，这就是我如此努力工作的原因。我真的很想弥补自己的过错，尽管已经于事无补，可我还是想尽力为自己的家庭做些贡献。

我看着耶稣像前面的十字架，那个木料出自父亲之手。在我出生的那年，父亲为教堂砍下了枫树做成十字架。它的顶端还有一个树疤，如果仔细盯着瞧，会发现它的形状很像耶稣的脸。

我盯着那个树疤，想了好多遍，为什么上帝要让芮琳离开我？

我还想着盖尔。上帝为什么要让她的生活遭受如此多的苦难？这不公平！

我不清楚自己还相不相信祷告，可我还是选择闭上眼睛，为了盖尔祷告：我希望自己能想出办法解救盖尔，带她离开卡特琳夫人家，哪怕只有几小时也好。我知道这很难，而且我还需要付给她一些钱，可我根本就没什么钱。

当管理员吩咐接待员分发盘子的时候，我也刚好结束了自己的祷告。

母亲总说上帝会回应我们的祷告，只是不会立即回应。上帝为什么不能立即回应？

我们正相互传递着盘子，伊莎贝拉的母亲显然受够了伊莎贝拉的大声聒噪，她走过去，想揪出伊莎贝拉到通道边教训一番。

伊莎贝拉似乎早有预感，撒腿就跑，万幸躲过母亲满是斥责的目光，却碰掉了正在传递的盘子。盘子上面堆积的募捐款散落在地上。我迅速捡起它们放进盘子，继续递给别人。

可是，几秒钟以后，我发现还有一张十美元的钞票掉在我的脚边。我环顾四周，发现没人注意到。母亲仍旧闭着眼睛祷告，接待员正在等待哈林顿夫人签支票。我的心脏跳动得十分厉害，然后轻轻挪动脚，我把钱踩在脚下，不让任何人注意到它。

我内心有些混乱，毕竟这些钱是为更需要的人准备的。可盖尔不就是县城里最需要接济的小孩吗？我收起了自己的负罪感，将钞票偷偷放进口袋。

对着上帝的雕塑，我喃喃低语：“谢谢，我一定不会浪费这笔钱的。”

第九章

盖尔一直摇头。“我觉得我再也好不了了。”她绝望地说道，“如果我没有了我的树，我不知道自己还能做些什么。”她紧紧地拽着我的双腿，像是依靠着黏糊糊的杂草。我不清楚她说的树是那棵悬铃木，还是我。

周一那天，父亲仍然没从醉酒中清醒过来，因为我告诉他要去找盖尔的时候，他根本就没有抱怨。卡特琳夫人为我开了门。她只披了一件薄睡衣，上面还有很多破洞，垂下的头发几乎遮住她的脸。

我扭头看向别处，不希望看见一些不该看见的东西让彼此尴尬。不，也许只有我自己觉得尴尬。

卡特琳夫人根本没有在意这些："你又跑来做什么？"

"我来接盖尔。"

卡特琳夫人打开大门，朝门外吐了口痰，差点儿没吐到门垫上。我盯着痰，听她说话："那不是她的名字。小毛孩，不要再纵容她那么做。不然她迟早会进疯人院的。"

"苏西上次回来根本就没拿钱。也许一开始那个有钱人就没打算付酬劳，我不会让她再被利用的。你回去吧，别再来找她。"

我笨拙地掏出衣服口袋里的十美元。卡特琳夫人顺手就夺了过去。我解释说："这是金先生让我直接给你的钱，他说这是一周的报酬。"

"金先生真这么说？他花园里能有那么多蜗牛要处理？"卡特琳夫人有些怀疑。

我并不想怪罪她提出的问题，只是耸耸肩。“有钱人家，你应该也了解。有一只蜗牛，他们就会觉得还有更多只，苏西上次一下就找到了三只。”我偷窥卡特琳夫人的脸，发现她压根儿没有看我，而是望着金先生家的院子。那种表情，我在父亲还没接受金先生的工作之前也见过，那是一种鄙夷的表情。

“你说的对,孩子。他们就是这么矫情,钱多得丧失了感情，尤其是邻里之间的感情。”

我点头附和，心里却在想卡特琳夫人究竟做了什么值得享有别人的“邻里感情”。远处的锯齿声响起。我打断自己关于那些琐事的思考，继续说：“卡特琳夫人，盖……苏西准备好了吗？”

卡特琳夫人露出了笑容。可我宁愿看见她皱着眉头的样子。因为她的笑容十分狡黠，尤其露出那两颗大门牙的时候。

“她马上就出来。”说完，卡特琳夫人合上门。

我在门前足足等候了三分钟，才看见盖尔蹦蹦跳跳地出来了。卡特琳夫人没有再跟出来。

“盖尔，”我轻声呼唤着她，不让屋内的人听见我叫的名字，“你怎么穿了件这样的衣服？”

盖尔穿了一件长袖外套，里面是棕粉色的法兰绒格子短袖。我依稀还认得这件短袖——伊莎贝拉在几年前经常穿着它。我想，可能是伊莎贝拉把这些衣服捐给了教堂，牧师挑选其中的一些来送给盖尔。

盖尔搂着我的腰，边向前奔跑边说：“走吧，给我找一件短袖去！行吗？”

她扭过头来，吐了吐舌头，又继续跳着。

“你这样穿会热死人的，”我在她的背后直嚷嚷，因为她早就跑到我前面去了，“今天有 90 多华氏度[1]呢。”

之后，我们在金先生的花园里瞎忙活好几个小时，其实我心里清楚，园子里根本就没有什么蜗牛。盖尔大部分时间都在拔野草串上那些凋落的玫瑰花，仿佛那是一颗一颗的珍珠。最后，她串出来一些非常漂亮的夏威夷花环——上面几乎都是花瓣。盖尔把花环戴在胳膊上，拿出其中一个让我试试，可惜对我而言，花环太小了。

“这样不对。”盖尔看着手中的花环，好像那些花环犯了错事一样，“树也需要花朵。”她跑过去又串了一些更大的花

[1] 华氏度，温度的一种度量单位，符号为“°F”。1华氏度大约为17.2摄氏度，90华氏度约为32.2摄氏度。——编者注

环，让我戴在胳膊上、头上，甚至脖子上。我被打扮成游街的表演者。

我听见身后树枝的断裂声。

“你看上去丑极了！”

这个声音再熟悉不过，熟悉到我一点儿也不害怕，但心脏却“怦怦”跳得厉害——因为小学的时候，这个声音让我的身心都留下了阴影。

“在玩过家家吗？”

我站起来，说：“嗨，杰迪。你知道啊，我本来就是个小孩子。”我交叉自己的双臂，试图让那些环绕我的花环不那么别扭。我很庆幸离开学还有一个多月，到那时候，他应该会忘了我现在的装扮，这样就不怕他在学校大肆宣扬了。我问他：“你在那里做什么？”

他走近我，把一朵粉色的花踩在脚下。

起初，我以为他不是故意的。但接着，他的脚死死踩着泥土，就像是踩灭一根雪茄那样用力。

“我妈妈让我找金先生问些事情。”

“问什么？”难道是关于盖尔的？我一点儿也不想让卡特琳夫人发现金先生根本没让盖尔帮我清理花园，不然，她再也不会放盖尔出来了。

或者更糟，金先生会不会直接给卡特琳夫人钱呢？像我一样，给卡特琳夫人钱让她说服盖尔唱歌？如果真这样，我的五百美元不就付诸东流了？不过金先生也说过，卡特琳夫人并不愿意和他谈论盖尔，难道她转变了想法？

统统都不是。因为杰迪一只手翻过栅栏后对我说："她让我问问金先生能不能砍掉那棵树。"

我看见杰迪正指着盖尔的那棵悬铃木。

"那一棵？"

"对啊。告诉金先生，那棵树的树根已经快要把栅栏挤坏了。"他停顿了一下，似乎在酝酿什么。结果，他只是朝南天竹丛吐了口痰。我在想他母亲是不是一直教他这么做：在和别人交谈的时候吐痰。

"我妈妈想在那棵树的地方整理出一个小花园。"

我仔细打量了一下，那的确是卡特琳夫人唯一可以打造成花园的地方。因为其他的地方都太潮湿了。而且，这也不是个坏主意。因为真的可以砍掉那棵树，它的好多枝丫早就枯死了。

"好吧。"虽然这个主意不错，可我并不想让盖尔听见，"那你怎么不去问他？”

“我已经问过了，他说他会找你父亲讨论的。不对，是吩咐，不是讨论。”他的表情告诉我，他觉得我父亲根本不像园丁那样懂行。我生气了，向前走了几步，让他看看我强壮的身体。

“金先生肯定会问我父亲，因为这是我父亲的工作。”我说着，双臂交叉在胸前，鼓起的肌肉上面能看见凸起的青筋。

他吞了口口水往后退，耸了耸肩。“好吧，随便你怎么说。”他把拳头放回腿边，“我好像听见苏西的声音了。嘿，苏西，你躲在哪儿？”

我扭过头发现盖尔确实跑了，难道她爬回那棵树上去了？

“她可能上厕所去了，我一会儿告诉她你在找她。”

杰迪笑着，把指关节捏得啪啪作响：“不用麻烦，反正中午吃饭我就能见到她。”他的语气里带着威胁。

我真想跟在他后面，揍他一顿出口气。但我不能。他是对的，盖尔最终要回到他家里，而不是我家。如果我现在惹杰迪生气，那么盖尔就会为此遭受虐待。

“他走了吗？”盖尔的声音从背后传来。

原来她一直躲在旁边的灌木丛里，小小的身体隐藏在那片丛林，连呼吸声我都听不见。

“他走了。”我牵起盖尔的手，把她拉了出来，“想吃点儿午饭吗？”

“不要去卡特琳夫人家！”盖尔望向栅栏那边的房子。

“不去，别在意杰迪说的话。对了，我多带了一份三明治，就放在车里。”

实际上，并没有多的三明治，只是我每顿饭都要吃两个的缘故。盖尔并不知道这些，我可以晚饭再多吃点儿。

她本来还抱怨着说要待在这里继续串花环，听见我告诉她午饭的三明治是火腿加奶酪，还有半条士力架时，立刻扔掉五彩的花朵，冲到我的前面说：“咱们比赛吧！”

我当然输给了她。她声称要拿我的士力架作为奖励，我也大方给了她。盖尔实在太瘦小，我根本不忍心跟她争什么。

吃完我的第二个三明治后，她坐在车里的后座上，看我帮父亲清理那些砍掉的山核桃树枝。

一个小时后，我和父亲累得大汗淋漓。我正幻想着充满冰激凌和冰棍儿的世界，父亲从阴凉处扔给我一瓶水，告诉我可以休息了，他要开车去县城买一些密封剂。

父亲的货车启动以后，盖尔就蹦了出来。她拿起父亲的锯齿，抱怨起来，说她不能让自己的“树朋友”被这样伤害。

我坐在一边的空地上，背靠核桃树。树荫下面非常舒服。这样闷热的天气，坐在树荫下休息比太阳下干活舒服太多。

蝉鸣声唤起我的倦意，好想打个盹儿。

盖尔一直停不下来，她在那片树林来回跑着，抚摸着那些树，唱着歌。我闭上眼睛，任由轻柔的歌声驱散我的疲倦。

当我再次睁开双眼时，盖尔早已坐在我的身边，背靠着我。

“树。”

“是小约翰。”我提醒她。

周边蜜蜂的“嗡嗡”声，和她的歌声极其相称，带着一点儿慵懒，一点儿温热。我并没有生气，而是放松地问她：“怎么了？”

“你不会让你爸爸砍掉我的树，对吗？我刚刚听见杰迪的那些话……”她的声音有些激动，“那是我唯一的住所了。”

我犹豫着不知如何回答。我不想对她撒谎。如果金先生改变主意要砍掉那棵树，或者卡特琳夫人给父亲酬劳让他砍树，我是根本没办法阻止父亲的。我问她：“那棵树真的那么重要？”

盖尔的拳头轻轻打在我的肋骨上，说：“那是这片土地上最最友善的树，而且，我把自己的窝也搭在上面了。”

我翻过身子好看清她的脸。她转动着眼珠也看着我。我发现，她的眼神像极了芮琳，尤其是我取笑芮琳的时候——眼神里都充满了沮丧，也有苦笑，我的眼睛湿润了。

“你的窝？”我换了个话题，“那有什么大不了的，你可以再搭一个新的呀。”

盖尔跳了起来：“不行，我所有的宝贝都在那个窝里。”

“宝贝？像你这么大的小孩能有什么宝贝？”我取笑着她，拔起一根草给她挠痒痒，“难不成藏了钻石在里面，说，是红宝石还是黄金？”

“别不正经！”她的声音冷淡起来。每当我在教堂里开玩笑时，母亲就会这样子。“它们不是那种宝贝，但，它们是真正的好东西。”

“好东西？”我站起来，追着她往院子里跑。

“对，是那种你在商店里买不到的好东西。”

“哦。”我猜想能有什么好东西？无非是些树棍和铁丝线吧。“不要告诉别人你的宝贝呀，不然它们会被偷走的。”

“不会的，我是不会给别人看的，但如果你想看的话，我可以带你去。”

“我？爬上你掉下来的那棵树？”我笑着说，“不！就算是有真的宝石在上面，我也不去。”

“小约翰，你真笨。那棵树那么好，你有什么可怕的？”

我仍旧摇摇头。

我们来到栅栏边，然后听见父亲货车的声音在路边响起。父亲应该回来了，我得继续干活去。

卡特琳夫人的声音也从那边的草坪传过来：“苏西，快回来，该吃饭了！”我能听见她的嗓音里还夹杂着某个游戏节目的主题曲。

“你还好吗？”

盖尔一直摇头。“我觉得我再也好不了了。”她绝望地说道，“如果我没有了我的树，我不知道自己还能做些什么。”她紧紧地拽着我的双腿，像是依靠着黏糊糊的杂草。我不清楚她说的“树”是那棵悬铃木，还是我。

过了好一会儿，她又说道：“答应我，不要让你父亲砍掉我的树！”

我深呼一口气，将紧紧抱着我双腿的盖尔的手移开。

父亲的呼唤声在提醒我：该走了。

“好吧，我尽最大努力帮助你。”

“你保证！”盖尔倔强地对我说。

我看了一眼卡特琳夫人的房子，心想她应该没有能力付给父亲酬劳。他们只能自己砍，但我想他们拿了一会儿斧子就会躺在沙发上不愿起来了吧。所以，我向盖尔保证不会有什么问题。

“我保证！”我答应盖尔，希望驱散她眼里的悲伤。

第十章

我也开怀大笑起来，不管是不是她治愈了小鹿，这些都不重要，我唯一能确信的是她紧紧抓住我的肩膀的那一刻，我感觉自己像个巨人，浑身充满了力量，仿佛全世界只剩下我们，在这个魔力世界里，我是勇气十足的巨人，她是活泼快乐的小精灵。

我不曾想过自己会如此期待和父亲一起工作。可盖尔在一旁的时候，我根本就不像在正经干活。虽然也是在学习修剪和密封那些枯树，搬运那些杂枝，然后焚烧——我以前十分讨厌干这些活，因为密封剂的刺鼻味道让我头痛，但是锯齿的声音却很棒——可盖尔在的时候，总会鄙夷地说我是个一无是处的人。

所以，当父亲把锯子递到我手中时，我特别兴奋。他告诉我怎么开电源，示范正确的使用方法。他教我怎么使用锯子把长在路中间的小柿子树锯掉。我学得非常认真，因为不想切断自己的手臂或者其他。父亲说那是把好锯子，只要正确使用就不会受到伤害。

“继续！”父亲鼓励我说，“不过不要告诉你妈妈，她会发脾气的。”

“会大发脾气！”我无比赞成。

我们相视一笑，那笑声同样的低沉而富有磁性，非常神奇。

我的牙齿随着锯子的使用发出“嗡嗡”声，胳膊也随着锯子的重量左右摇晃，很有节奏。我极其认真地工作，任务完成的时候，父亲拍了拍我的后背作为鼓励。

这感觉太美妙了，真的。就好像我为家里做了一点儿贡献。唯一让我遗憾的是欧内斯特没有看见我热火朝天地工作。如果让他看见我在这里锯树，他会多么惊讶啊。看着我在父亲的命令下疯狂地锯掉那些树枝，我想欧内斯特会像以前玩游戏那样央求我让他也试一试。

盖尔是我工作时唯一陪伴在身边的朋友。她让我贪恋金先生家的工作，就算顶着高温，我也愿意。我们在一起的时候，仿佛又回到小孩子的状态，一起开心地玩耍。每天早上，她一听见父亲的车声就会从隔壁跑过来，和我一起在金先生的花园里找蜗牛。

我们都假装没看见站在窗子里偷看我们的金先生。

清理完蜗牛，我们就跑去父亲那边帮忙。起初，父亲并不乐意让她待在旁边。但当他了解盖尔没什么容身之处后就同意了。听见盖尔的歌声，父亲也会笑起来。甚至有一次，他还跟着哼唱，我简直不能相信这是真的。

有天下午，父亲看见盖尔飞舞着手臂像飞机一样越跑越快。那天督察员来过卡特琳夫人家，所以盖尔的头发梳得非常整齐，脸也洗得干干净净。一群小鸟——黑色的山雀和麻雀——盘旋在她头顶，“叽叽喳喳”的声音比盖尔的还要大。

父亲说：“看看盖尔，你觉得这种景象似曾相识吗？”

我摇摇头。

“她就像一束光线，就像，一只小小鸟！”

“的确像。”我点点头。盖尔挥舞着双臂，那些山雀飞得越来越低，似乎只想停留在她身上。盖尔就像一棵有生命力的树，伸展的胳膊就是树枝。

“她的父母呢？”

“她说他们飞走了。”

“真可怜。”父亲看了看卡特琳夫人的房子，重复着，“真可怜！”我知道父亲想说什么。

我想他也替盖尔感到惋惜。父亲开始允许我用更多的时间和盖尔玩耍。金先生家有大片的空地让我们闲逛。

第二天，我们继续这样逛着。

“嘿，树！”她呼唤我，却在前面蹦蹦跳跳，地上有残留下来的枯死的核桃树，还有几棵奇形怪状的多刺的梨树。

“这是什么？”她发出一串尖锐的音符。

“红色翅膀的画眉？”我猜。

“答对啦！”

“这个呢？”我卷起嘴唇，发出了一串甜美的口哨声。这是金颊林莺[1]的声音，是我学得最像的鸟叫声。

至少我觉得最像。

可盖尔几乎笑趴在地上：“你弄出的那是什么声音？癞蛤蟆？还是被踩到的蟋蟀？”

“是鸣鸟！你以前没听过吗？”

“啊？”她看了我一眼，然后发出极其优美的声音，听起来和真的鸣鸟如出一辙。

“炫耀！”我嘀咕着，轻轻拽着她的马尾辫，佯装生气地

---

[1] 金颊林莺（golden cheeked warbler）只分布在美国德克萨斯州中部，且只在这一地区繁殖，是珍稀鸟类。——编者注

说道，“你太伤我自尊了。”

“我是开玩笑的！作为朋友，你真的棒极了。”盖尔实事求是地说。

我们一起拖着那些枯树枝的时候，盖尔又补充道：“但是，你跟鸟儿说话的时候，没有感情。”

“感情？你指的是什么？”我疑惑不解。

“你学鸟叫，只是从嘴里机械地发出声音，可那些鸟儿根本就不懂你在说什么，树。”

我还没来得及提醒她不要叫我树，她就突然停止脚步，紧攥着我的手，说：“树！我听见栅栏那边有什么受伤了，好多鸟儿聚集在那边，你听见了吗？”

我能听见远远的有鸟叫声，“叽叽喳喳”地在两处房子交接的地方。

“受伤？我想你应该知道。”我回答她，快步赶上去。

“什么？”

我往回看了一眼，确保我们离工作的地方足够远，然后回答她：“这意味着我们需要叫一辆救护车了！”我捂住嘴巴，开始像救护车一样尖叫起来。

盖尔尖叫着跑过来抓住我的手。

“这种时刻，走过去压根儿来不及。上来！”

盖尔爬到我的身上，双手交叠，紧紧搂住我的肩膀，就像抱着她的树那样。

“在那个方向！”

我在盖尔的指引下不停奔跑。这是一个非常有趣的过程，盖尔不停变换手指的朝向，我也只好不停地改变自己奔跑的方向。即使如此，我也绝不让她掉下来。盖尔的身体就像羽毛一样轻，她的双腿被我紧紧托住，她感觉很痒，不停地尖叫大笑。

而我的脸快要笑僵了。这是我人生中唯一一次也是永远的一次，全身心融入欢声笑语之中。

我们到达栅栏的时候，发现铁丝网下有一团东西，看起来像兔子？

“是一只小鹿，它被捕捉了！”盖尔迅速地从我身上溜下来去看它。

这只小鹿的确是被人为设计的捕获器逮住了，它的一只小腿被松散的铁丝缠绕，半隐半现在杂草中。我打量四周，估算小鹿被困的时间，也想确定附近有没有母鹿出现。

小鹿受到了很大惊吓，看来伤得厉害。盖尔开始为小鹿

唱起柔和低沉的歌，这歌声让它慢慢合上耷拉着的眼皮，而我也有些困意。于是我用力眨眨眼睛，抖擞精神，轻轻走进那边草丛，想解救小鹿。

盖尔一直在唱歌，点头示意我解开缠绕在小鹿腿上的铁丝网。我屏住呼吸，快速查看小鹿的伤势。心里禁不住咒骂起来：多么残忍啊！小鹿俊美的腿上血迹斑斑，有些伤口划开得很深，周边已经覆盖了很多蚂蚁和虫子。

我也无力解开那团铁丝，于是伤心地告诉盖尔："它的伤太严重了，我们没有办法救活它。"

我嘀咕着，希望盖尔能明白我的意思："它被困在这里太久了。"

盖尔走过来，拉起我的手再次放在铁丝网上。我明白了她的意思，心想，好吧，继续干吧。我动作飞快，想要忽视那些被盖尔歌声吸引来的鸟。它们停留在附近的栅栏上，似乎在好奇地打量我。

最终，我解开了缠绕的铁丝网，直起身子打算看看小鹿的状况。很显然，小鹿全程都睡着了。“你刚刚唱的摇篮曲？”我正准备问盖尔，她就嘘声止住我。她将双手放在小鹿受伤的腿上，变换了曲调，这种歌声和我手划伤的那次是类似的。

我更关注的是她多变的表情。就在刚刚，她还是个哼着小曲的小女孩，温柔安抚这只受伤的小鹿，那么现在呢？

她看上去有些暴躁，像一只母知更鸟发现窝边有蛇一样，十分凶悍，想要拼尽全力保护自己的小小鸟。

其实，我特别能理解这种感受。

我看着盖尔的脸，直到她突然停止歌声，最后的几串余音消逝在炎热的空气里。我清了清嗓子，突然发现小鹿竟站了起来。我疑惑极了，怎么可能？我不明白为什么小鹿会自己站起来。

我下意识地呼喊：“等等！”可那只小鹿仿佛听懂了我的意思，一溜烟跑了出去。

盖尔十分开心："看，真的有效果！"

"到底怎么回事？"我疑惑不解，还在纳闷这只被铁丝网困住如此之久的小鹿怎么会有力气跑出去，"我发誓，它腿上的伤口真的很严重呀！"

"你说的对，小约翰，"盖尔爬回到我背上，像一只小猴子摇来摇去，"之前，它的确受伤严重。"

"是你……"我停住了，感觉她在我的后背上不够安稳，像是有热风在不停地推她，"是你治好的？"

"出发！"她"咯咯"笑着命令我快跑。

我也开怀大笑起来。不管是不是她治愈了小鹿，这些都不重要。我唯一能确信的是她紧紧抓住我的肩膀的那一刻，我感觉自己像个巨人，浑身充满了力量。仿佛全世界只剩下我们，在这个魔力世界里，我是勇气十足的巨人，她是活泼快乐的小精灵。

在这个国度，我什么都不会害怕，而她，可以用歌声治愈所有的伤。

就算这一切并不是真的，有这么一小会儿欢乐的时光也不错。盖尔，她就像一个快乐的小人冲进我暗淡的内心世界，照亮我所有的记忆。

第二天中午，我们在货车厢里面共进午餐。父亲将一些土豆条分给坐在另一边的盖尔：“给，孩子。你还应该吃一点儿肉！”

盖尔看见父亲递食物的胳膊上有些伤口，那是这些天父亲清理树枝时留下的疤痕。其实我的前臂也有一些，因为工作的时候手套根本遮盖不住。不过都是些小伤,没什么大不了。盖尔却认为父亲的伤口很严重。

她抓起父亲的手臂，伤心地哭着：“你受伤了！”

“哦，没事的，孩子，这些不算什么！”

“可以让我帮你治好一点儿吗？”此刻的盖尔，眼睛安静而慎重，这眼神我以前见过。

父亲没有回答，只是看着放在腿上的三明治。可是我依稀看见他的喉结一上一下，像是在吞咽食物。我瞬间明白了父亲此刻的心情。

芮琳也曾这样问过父亲，每次父亲工作以后带着伤口回家，芮琳就会亲亲那些伤口想让它们快些好起来。

“我……我去看看那边的紫荆树。”父亲唐突地岔开话题。他起身走到货车后面,查看根本就不存在的紫荆树。我很肯定，因为金先生家的确没有紫荆树。

“我刚刚说了什么？是我让你爸爸不开心的吗？”

我移动到父亲刚刚坐过的地方，回答盖尔的疑惑：“没什么，只是你的问题让他想起了芮琳。芮琳以前也会这样问，她会亲亲那些伤口，让它们快点儿好起来。”

“我不是去亲它们，我是想唱歌把那些伤口治好。”

“一样的道理！”我说着，下意识擦了擦上次在卡特琳夫人家门上留下的伤口。我跟自己确认，盖尔所说的那些——我的胳膊——都是幻觉，可是，盖尔也可能真的治愈它们。她的歌声可以让父亲高兴，不是吗？父亲至少有十个月没笑过了啊。

没过多久，我听见了一串脚步声。

并不是父亲，是金先生。接着是一串赤足走过草地的声音，我知道盖尔又溜走了。为什么盖尔一见到金先生就会如此害羞呢？

我滑下车厢，跟金先生打招呼：“先生，有什么需要我效劳的吗？”

“的确有，已经一周了。”

“还没有，先生，明天才满一周。”

“你告诉过她要唱歌吗？”

“嗯……”我看见他的眉毛开始下垂，我生怕他会说出一些令我后悔的事情来，赶紧说道，“我今天就跟她说，她很喜欢我和爸爸，她肯定能接受唱歌，所以我们——”

“明天！”金先生激烈地打断了我，声音就象是一棵桦树在掉皮时发出的响声。

而我，还没来得及回答，金先生就已经走远了。

第十一章

我爽朗地笑着，内心却在不停回想她刚刚的话语，同时也在纠结那五百美元对我父亲、母亲和我们家庭的重要性。盖尔——她是如此相信我。

第二天早上，我非常不安，也不知道是怎么回事。可能是因为我约了盖尔在花园见面，我觉得，说服盖尔为金先生唱歌应该比我想象的困难许多；也可能是因为昨天晚上，卡特琳夫人打电话给父亲，询问砍掉那棵悬铃木的花费。可我为什么要担心呢？这笔生意谈不成。父亲给她报了个价——相当不错的价——卡特琳夫人一笑拒之；她又给父亲报了个低得不能再低的价，父亲对此也是一笑了之。

我不安还可能是因为父亲说今天工作很多，我没有时间和盖尔玩耍了。但我告诉过父亲，会和盖尔见一下面，检查花园里的蜗牛。

当我走进花园的时候，盖尔并没有出现。唯一可寻的踪迹是金先生在屋内猛拉窗帘；唯一听到的声音是父亲电锯的“嗡嗡”声。

一只乌鸦飞越头顶的天空，兴奋地呱呱大叫，仿佛已经觅得食物，或者已经捕捉到食物，正返回自己的巢穴。这种聒噪让我感觉有些神经兮兮。

正当我准备离开的时候，盖尔出现了。她跑了过来，冲我大声说早安：“看看我给你做了什么？”她让我弯下腰，拿了至少六个花环戴在我头上。

“天啊，盖尔，好多的鲜花啊！你是怎么做到的？难不成夜袭了金先生的花园？”

“不是，是鸟儿带给我的，嗯……”

她还想说更多，可我根本没有心思知道细节。我打断她：“听着，盖尔。我一会儿要去帮父亲干活，你先帮我拿着这些花环吧——”

我正准备脱下那些花环，盖尔制止了我：“不，不要！我给你爸爸也准备了好多花儿呢！”她拿出一个更大的花环，上面插满了花瓣和白色叶子。那花环美极了，就像是新娘的花冠。盖尔寻着电锯的声音左右定位。“你爸爸呢？唉，这么多可怜的树要被砍掉，我真希望他能停止呀！”她把花冠放在身后继续说，“我们今天快点儿清理蜗牛，不然送给你爸爸的花冠一会儿就要枯萎了。”

五分钟以后，我们在玫瑰园里清理出三只蜗牛。盖尔一直在小声唱歌。跟她一起工作就像身边多了一只知更鸟——不管是电台音乐，广告流行曲，还是蛙鸣声，她都能唱出自创的旋律来。

“嘿，小约翰……”盖尔将一只空蜗牛壳放在我的胳膊上。

“等等。”我正在清理自己拇指上的小虫子。

“你爸爸在叫你！”

盖尔说的没错。刚刚我太专注，没能听见父亲的呼唤。此刻倒是听见了。父亲的声音里充满了怒火。

是我的错，他提醒过我今天会非常忙碌。我需要替他分担一些工作。

“我们走吧！”盖尔把送给父亲的花环串在胳膊上对我说。

我深呼一口气回答她：“一会儿把花环拿给我爸爸，你就立刻回去吧！”

“好！”她爽快地回答，声音里有些恶作剧的味道。

“小约翰！”我听见父亲的声音再次响起，货车也鸣笛好几次了。

“最好快点儿！”

“我要跑过去了，你要不要到我背上来？”我伸出双手。

“骑小马，驾！”她轻快地爬了上来，似乎比前天背她的时候更轻了，难道卡特琳夫人没有让她吃饭吗？

盖尔欢快地叫着，手指紧紧抓住我的双肩。我大跨步地奔跑，左右摇晃着试图扔下这个“女牛仔”。可是盖尔仍旧稳稳趴在我的后背上，放肆地唱着笑着。就这样，我们愉快地向父亲那边奔跑。

父亲站在货车边，手里拿着一瓶水。他没有看我们，只是问道："为什么她也在这儿？我不是说过今天很忙，不要让她过来了吗？"父亲用手擦拭着后背的汗滴。他工作还没到半小时，却早已大汗淋漓了。

货车边还有一堆切割整齐的原木，我吹口哨示意："爸爸，干得真不错！"

盖尔从我的背上跳下来。

"我来把这些装进车里。"我抓起一节山核桃原木——这节原木非常重，根本没有腐烂——我把它推向货车架子，并提醒盖尔，"盖尔，去那边站着，不要在这儿。"

盖尔已经不在我的身边，而是站在了父亲身边，父亲的脖子上也挂了一串花冠。盖尔已经两手空空了，她还给了父亲什么？看起来像是一朵玫瑰花苞。

"这是给你的，因为你看上去很伤心。"

"伤心？"父亲踉跄了一下，似乎被什么刺痛，"伤心？你赶紧走吧，这不安全。"随后，他瞥了我一眼。我赶紧抬起木头一角。"傻小子，把那个小女孩带出工地。"父亲嘀咕着。

盖尔把玫瑰花苞放在最大的原木上，轻轻抚摸上去，就像是抚摸死去的宠物一样。接着，又采摘了一些蒲公英和报春花，把它们编织在一起，然后离开。

父亲在盖尔离开后说：“她怎么了？”

“嗯？”

父亲的嘴唇变得诡异：“那些歌，还有那些花朵。你经常和她一起玩耍，她真的像大家说的那样，是个疯子？”

我们彼此都静默了，想到另一个有类似举止的人，只不过她拿的不是花，而是丝带。对，那就是我的母亲。

我用力摇摇头：“我不觉得啊。你知道跟卡特琳夫人生活在一起，多少都会有点儿神经质。”

我们停下了手边的活，共同思考着盖尔刚才的举动：她拿出一些树枝，剥掉树皮，然后将它们做成了一个圈。

“我想，她只是很孤单罢了。”

“她父母又是怎么去世的？”父亲再次问我，他一边说着，一边抬起三根原木滚进车厢内。如果说，他一次能滚进去三根木头，那我就可以滚进去两根。

我没打算告诉父亲盖尔父母的事。盖尔说过她的父母，她说过她父母还会回来的。

“不清楚。”我停下手中的活回答他。然后又去拿起一根木头，尽量轻拿轻放，以免碰出响声。

父亲不停地举起原木，我也尽量配合地接住那些越来越多的木头。不一会儿我也大汗淋漓了，浸透衣服的汗多得像刚游完泳上岸。

我们还剩最后一堆木头了，是最大的一堆，而且是树桩而非原木。我应该没力量再抬起任何一根。

“我们一起来抬吧！”父亲摘下工作手套，用手背擦了擦前额的汗珠，“数到三？”

一想到要举起这么重的木头，我的胃又开始翻江倒海：“为什么不先把这木桩截短一点儿？”

父亲重新戴上手套：“这木料是用来做家具的。金先生要用来做一个桌子，或者更漂亮的物件。”父亲的手轻轻滑过树的切口解释给我听。这的确是上好的木料，从锯口处可以看见树的纹理极其美丽。

父亲再一次赞叹道：“像这样的树，值得好好利用。”我知道父亲并不是指它的价格，而是指这木料值得被欣赏。

“一……”父亲开始计时，把双手放在树桩一边，而我跪在树的另一边，“做得很棒，儿子，注意屈膝。二？”

我点点头，心跳声早已盖过远处盖尔的歌声。

“三！”父亲吼着，我们一起抬起树桩。

最开始，我以为树桩会倒向我这边，因为父亲抬得很快，而我的手臂并没有那么大的力气抓稳它。父亲立刻调换手势，把我这边的压力分担了一些，于是，我的腿可以站起来一点儿。我听见父亲在问我，可我没法回答。我的胸腔异常难受，快要撕裂开来。我屏住呼吸，我一步一步地向车厢靠近。

“再来！”父亲低吼一声，我们再次举高了些。

“哎哟！”我觉得全身快要爆炸了，一种尖锐的疼痛感从胸腔迸发。但我仍旧坚持着，一直拖住这一端树桩。终于，在父亲的指引下，我们成功地把树桩放进了车里。

我开始耳鸣，眼冒金星。于是斜靠在车尾，大口喘气，试图用手平复我的胸腔。

“你还好吗？”父亲的声音从尾灯那边传来。我想要回答。他和我也是相同的状况，不停地靠在车边喘着粗气。紧接着，父亲走了过来，拍拍我的肩膀鼓励我说：“儿子，干得漂亮！这才是男人的工作。我真高兴你在这里帮我，我——非常骄傲！”

我哽咽了，因为这是父亲第一次这样鼓励我，说他为我骄傲。我顿时觉得全身都不疼了，只是微笑着说：“谢谢，爸爸。”

他点点头，朝盖尔的方向望去。我也是。

盖尔似乎在地上发现了什么东西，她在那里唱着歌。

父亲说：“她长得并不漂亮，但这没什么，因为她唱歌的时候，声音真的很美，不是吗？”对于父亲的第一句，我并不认同。可他后面所说的，我非常同意。

我闭上眼睛，陶醉在歌声里。随着舒缓的节奏，胸腔也没有那么疼了。事实上，是真的不怎么疼了。

我又想起以前的疑惑，但是……我停止胡思乱想，睁开眼睛，我想知道父亲有没有在意盖尔的歌声。

父亲仍旧靠在那里，闭着双眼。

盖尔也没有停止歌声。她手里握着东西，应该是活的，但我看不清楚那是什么。

“去找她玩吧，我把车开到金先生家去，问问他这些木材够不够做家具。”

还没等父亲上车，我就飞快跑到盖尔身边，看看她到底在干什么。

“兔子？不是吧，盖尔？”我弯下腰问盖尔，她停止了歌唱。

“是只小小兔，差点儿要死了。比那只小鹿伤得更厉害。但是你看，我把她唱好了。”

我凑过去，敲敲那只可怜的小东西。兔子抽搐着，它的皮毛温暖又柔软。

“它受伤了？”

“差点儿死了。我以前遇到这么严重的伤势根本唱不好，可是现在……嗯，应该是我长大了。”

“那是什么意思？你是说你现在长个儿了？”我站起来，假装要打量她的身高，“我在那边根本听不见，远远看过来，你就像小蚂蚁那么高。”

“别开玩笑了，小约翰。你知道的，我能治愈东西，你见过的！”

“我是见过一次……”我承认，想起那只小鹿，我的心就怦怦直跳，“但我不确定。”

盖尔睁大眼睛看着我：“你就是个胆小鬼，你怕别人以为你和我一样，是疯子！”

我缓缓地回应：“嗯，听起来很合理，你是一只夜莺，那我就应该是只小鸡。”我学着小鸡的样子扑棱着胳膊，发出打鸣的声音，我还把自己想象中孵出的鸡蛋放在盖尔头顶上。这让盖尔笑个不停。

“一点儿都不好笑。你知道吗？这是唯一活下来的兔子了。”

她拉着我来到树边。

大概离树几英尺的杂草中，我看见一些动物的皮毛，至少有三只小兔子。“我想肯定是大狗把它们咬死了，杰迪说这附近有一只大黑狗！”

“我见过，是只流浪狗！”我记得第一次来这边干活就发现了那只狗。它一直在货车附近转悠，想找一些食物，父亲捡起石头扔过去才把它赶走。

“杰迪说他要抓那只狗来咬我。”盖尔把草推向一边，将那只小兔子放回草丛的土坑里，那应该是兔妈妈挖的，“我不喜欢杰迪！”

“所以你要在树上搭个窝？”我看见盖尔捡起三只花环，放在自己脖子上。粉色的报春花和她的衣服十分相配。

“不是的。我在树上搭的窝是为了让爸爸妈妈更容易找到我。这是他们告诉我的，如果自己迷路了，或者丢了心爱的东西……”盖尔认真地回答我，伸出双手，“我带你去看！”

我摆摆头：“我不会去爬那棵树，你也不要爬。你知道吗？有些树枝已经腐朽了，我和爸爸打算这周把那棵树修剪一下。”

“所以，你不会伤害它，你不会伤害我的窝，对吗？”

“当然不会。”我回答她，希望自己说的是真的。据我所知，她的窝所在的那根树枝是最腐朽的，但是我没有告诉她。

“你保证！”

“我保证？我不是已经保证不会让爸爸砍掉那棵树吗？”

“但是，小约翰，你不会毁掉我的窝，对吗？”

我坚定地摇摇头。

在我还是她这般年纪的时候，也很想得到别人的保证。我以前还保证过，会和欧内斯特成为一辈子的朋友，可是，看看我们之间发生的事情，还有我对他做过的那些事情。

所以，我知道保证是最没有用的东西。可是这次我很想向盖尔保证：我不会成为砍树的那个人。因为砍树的只能是父亲。他只教会我怎么密封被砍的树枝[1]。我突然有了主意，一个能拿到五百美元的主意。

“行。如果你能帮我做件事情的话……”

“什么事？”

“我想让你唱歌！”

盖尔笑了：“小约翰，我可每天都在唱歌呀。”她跑过来抓住我的胳膊，像抓住一根树枝一样摇来晃去，最终趴在我

[1] 在美国，为了保护被砍后的树能继续存活，对于不能自行恢复的树枝截断面需要人工进行压制、密封来保护。——译者注

的背上。

“我知道，可我想让你给皇帝唱歌。”

盖尔的笑容瞬间消失。她绕过头来，看着我的脸。“你是说，给金先生？”她的嗓音开始发抖，“为什么是他？”

我耸耸肩，不想与她的眼神交汇：“他喜欢听你唱歌。这没什么大不了的，不是吗？他家有个房间，里面全是音乐一类的东西，我想你一定会喜欢。”

“我不知道，我很少在屋里面唱歌。在外面唱会更好听的。”

“就唱一首歌给他听，不会受到伤害的。”我没提录音的事情，我想应该没什么关系。也许金先生录音的时候会让盖尔一个人待着，毕竟他只需要听录音就好了呀。

“你想让我那样做吗？”盖尔的声音柔和了一些。她翻过来，紧紧搂着我的脖子，生怕我什么时候跑掉，扔下她再也不管了。“你也会在的，是吗？”

“当然！”我脑海里浮现出金先生威胁我和父亲的表情，坚定地对盖尔说，“我会一直陪着你！”

“好吧！”她把脸贴在我的头发上，我甚至能感受到她吹向我脖子的热气。

“那就明天吧，怎么样？”

盖尔没有直接回答。于是，我换了一个话题。“盖尔，你在那么高的地方不害怕吗？我以前总是把——”我差点儿说出芮琳，“我好朋友的妹妹伊莎贝拉举过头顶。可她总是尖叫，怕我把她扔下去。有时候，我的确会把她丢到地上，但你应该知道的，那都不是故意的。”

盖尔再次笑出声来：“真笨，你肯定不会把我摔下来。”说完她用脚紧紧夹住我的腰部，大声嚷道：“走吧！”

我大笑着，像马一样扬起蹄子，然后奔跑在那片清理过的山核桃树林中。我紧紧抱着她细瘦的双腿，确保她不会掉下来。

我爽朗地笑着，内心却在不停回想她刚刚的话语，同时也在纠结那五百美元对我父亲、母亲和我们家庭的重要性。

盖尔——她是如此相信我。

“你永远都不会让我摔下来！”

我祈祷，也希望这是真的。

可是第二天我才发现，这根本不可能是真的。

第十二章

金先生肯定了盖尔的说法，他并没看那些盘子，只是盯着盖尔。他的眼里闪着精光，看起来非常像乌鸦的眼睛——死死地盯着它想要抓取的闪耀的东西，然后偷走，并带回自己的巢穴。

第二天，在去金先生家的路上，父亲问起盖尔是否会来。

“如果没什么事的话，应该会来。她可以来吗？我是说，她不会碍事吧？”

父亲应该不会再介意我们工作时间里盖尔的到来。他应该是喜欢盖尔的。昨天，盖尔把自己编的花冠戴在他的头上，并微笑着低声说父亲是真正的“皇帝”时，我听见了这几年来，父亲发出的最爽朗的笑声。

他们俩共进午餐的时候，我借故上厕所偷跑进金先生的房间。我告诉金先生，自己已经说服盖尔来唱歌。

我问金先生能否当时就给我钱。可他拒绝了我，说生意就是生意，盖尔唱完歌以后才能拿到钱。我很担心他会骗我，虽然对此我只能服从。

我不想再思考这些杂念，继续听父亲说话。

“她真是个奇怪的小东西。”父亲说完，通过后视镜看到了向我们鸣笛的汽车。

我们的货车开得很慢，因为这辆旧车部分零件已经坏了。他索性松开油门，一脚踩在刹车上，然后微笑示意车后再次鸣笛的司机先通过。

真希望后面的车里没有我们学校的学生。于是，当后面的车超越我们时，我下意识往车窗下蜷缩了身体。

“盖尔？嗯，她是有些奇怪。不过我告诉她今天要来金先生家，所以她应该也会来。”

父亲一只手搭在我的肩上：“那挺好。”

“怎么啦？”

“我前几天看见她胳膊上的伤疤，”父亲朝车窗外吐了口痰，摇摇头说道，“瓦莱丽·卡特琳确实不该再收养孤儿。”

“她胳膊上的伤口？”我只记得一周前的那些手指印，并没有看见她胳膊上的伤口。我猛然想起她昨天穿的长袖，顿时明白过来——卡特琳夫人是为了隐藏盖尔的伤口！

“他们真坏！我们可以举报吗？”

“这个不太好证明，毕竟我们也没亲眼见到。不过，更糟的话……我会让他们受到惩罚的。但是还要等等，我们千万不能把这边的工作搞砸了。”

“可如果她真的受伤了，我们现在就得说出来，这个比钱重要，不是吗，爸爸？”我尽量抑制住自己的激动。

“比要交的房租还重要？比你母亲没有衣服穿还重要？”

要不是父亲的提醒，我差点儿忘记他早已把母亲准备买衣服的钱拿去喝酒了。那是母亲唯一一次开车去布朗伍德逛街的机会。

我的嘀咕肯定发出了声音，因为父亲开始训斥我：“住嘴！那个小女孩不会有事的。她一会儿还可以和我们一起待在金先生家 。”

我瞅着窗外，讨厌起父亲来。可我逐渐意识到自己也不是什么好人：尽管只是唱歌，为了钱，我不也说服盖尔去做她不情愿的事情吗？

我闭上眼睛，迎着窗外吹来的热浪。我希望自己不要像父亲那样——外表强壮，内心软弱。

金先生已经在门廊上站着。他的着装非常隆重时尚，像是要去听歌剧，对，他是在准备主持自己的“歌剧”吧。

他朝父亲点点头，问我今天是不是可以继续帮他清理花园。父亲缓缓地应允却满脸疑惑望向我。

我背对金先生，转动着眼珠点点头：“爸爸，我会处理好那些蜗牛的，一小时内我就去帮你。”

“好吧！”父亲仍旧有些不乐意，“需要的时候我会叫你。”

我从车里拿了水又迅速跑回去，因为我已经听见盖尔的歌声，她在自己的树窝上唱歌呢。

“快下来！我跟你说过呀，那棵树好几个枝干都腐朽了！”

我的声音刚一止住，就见成百上千只鸟扑棱着，从悬铃木上飞了出来。除了成片抖动的翅膀，我根本分不清盖尔的位置。这群鸟似乎被我惊到了，十分愤怒。甚至有两只在飞出来的时候,留下鸟屎在我的衣服上。我急忙擦掉那些脏东西，皱着眉看向鸟窝。可我压根儿看不见盖尔的脑袋。难道她藏起来了？她在躲避什么人？

“盖尔？”

“是你呀！”

终于，盖尔回应了我。她爬下树，手里还拿着东西。

“我给你带了好东西。”她说完，一屁股坐在木栅栏上。由于动作太迅速，我根本来不及看清楚。我敢打赌，她的速度都赶上一些鸟的飞行速度了。

“过来过来，这是给你的！”

“这是什么？”

搂着盖尔的腰，我把她从栅栏上抱到金先生的院子里。盖尔长长地舒了口气，像是暂时逃到了安全地带。我心想难道是杰迪欺负了她？因为她今天还是穿着前两天又脏又破的长袖，头发比鸟窝还要凌乱。我开始帮她清理头发上的乱树枝。

“别管啦，头发不要紧的。这个才最重要！”

盖尔打开拳头，掌心里握着一块石头。它应该是一块石英石，显然被打磨过，在阳光下像钻石一般闪亮。

“真漂亮。你想送给我？我可没有礼物送你呀。”

“你可以明天送给我。要是你能不害怕爬树就好了，可以上去看看我的小窝。里面全是好东西，你一定会喜欢。我可以让你挑选三个！……但是你得爬上去。”

“我不会爬树的。”我非常坚定地告诉盖尔，“而且我确信，还没等我爬上去，树枝就断了。”

也许是我的声音有些严厉，不同往常，盖尔的嘴唇微微发抖起来。

“但我很喜欢你送的石头，谢谢你。”

盖尔没有说话，握着我的手朝金先生的房子走去。靠近金先生的房间时，我们发现窗帘后面那张偷窥的脸。

“我就是不喜欢他。”

“我知道你不喜欢。可是，他也很孤单。他想听你唱歌。”我耸耸肩继续说服盖尔，“其实我挺能理解他的愿望，因为你的声音……很特别。”

“我唱歌是为了你！”盖尔紧抱住我的腰，跟在我后面走过门廊，来到后门。

后门是开着的。金先生走出来，热情地跟我们打招呼。他把手里的许多薄荷味棒棒糖递给盖尔，就像喂鸽子的主人一样。我顿时觉得金先生就像流氓骗子。下意识地，我牵起盖尔的手朝后转身。

然而盖尔的反应令我大吃一惊。

她没有接受金先生的糖果，但她微笑地拒绝道：“嘴里咀嚼食物就不能好好唱歌了。妈妈总告诫我要唱完歌以后再吃。”

金先生有些不解，他直起身子回应盖尔：“那好吧，我通通给你留着……”

进入金先生的房内，我惊讶无比。这里的装饰风格与前些天我去过的前门大厅迥然不同：这里摆满了向日葵的油画。我靠近那些油画，睁大双眼，发现油画中的向日葵都是笑脸。这不禁让我回忆起琳达舅妈的油画。自从她的丈夫也就是母亲唯一的弟弟去世以后，琳达舅妈就对油画着了迷。她生命的最后六年，几乎每个家庭成员都会收到她的杰作：比如眼睛比翅膀大的快乐小蜜蜂，比如带斑点的甲壳虫……我的卧室里至今还挂着好几幅她的油画作品。

盖尔也在看那些向日葵，她笑得十分开心，低声对我说喜欢它们。

金先生一定是听见了。他停住脚步，清清喉咙对盖尔说：“谢谢你！我的妻子英嘉很喜欢画画。”他顿了顿又说道：“她还是个歌手，我一直喜欢听她歌唱 。”

我和盖尔没有说什么，只是彼此对视后才回望金先生。

我不确定我们此刻所在的房间位置，金先生的表情也没有威胁的意思。他仿佛比前几天瘦弱了些，似乎一夜之间苍老很多。我猜，他的妻子已经去世了。我有一点儿同情金先生了。

我想盖尔和我有同样的想法。

因为她用一只手紧紧抓住我，另一只握住金先生，然后唱起歌来。歌声漫过后窗，越过青草坪，弥散在醉人的晨风中，也温暖了冰冷的大厅。

我想象着她歌声里传达的故事：一只小鸟远离巢穴，扑棱着翅膀独自飞翔远方。渐渐地，小鸟开始发抖，朝地面坠落下去。冷风呼啸，吹打她的翅膀，吹乱她的羽毛。小鸟再一次迎风而上，却无力得几乎要闭上眼睛……突然，前方的地平线有东西闪着光亮。那是棵大白杨，闪亮的叶子聚拢微弱的光芒。远方传来美人鱼的呼唤："回来吧！回家吧！"于是枝干上银白色的叶子开始摇曳舞动，指引着小鸟回家的路。

歌声戛然而止。

我睁开了眼睛。金先生安静地站立着，双手紧紧握着盖尔的手，身体在不停地颤抖。他双眼紧闭，却有泪珠不停地滴落下来，滑过他的脸颊，他的鼻子，他的……微笑？

"谢谢你，孩子。"金先生说话了。

盖尔朝他微笑，昏暗的光线里，她的脸不再那么脏了。他们对望的时刻，甚至像一对祖孙。

"你好些了吗？"盖尔问他，"我们能出去了吗？树的爸爸在叫他。"

"树？"金先生显然很不理解。

"小约翰。"盖尔立即纠正自己的口误。

我也听见了父亲的呼唤。他应该是在找我，声音听起来非常不悦。

"嗯，确实好多了。"金先生回答，"可是，你不打算再唱一首给我听吗？"

金先生拉起盖尔，朝录音棚的玄关走去。我跟在他们后面走了几步。

盖尔回头看向我，非常担心的样子。她小声呜咽着说："可是，我们该走了。"

"再唱一首。"金先生说，"唱完了还有糖果吃，不记得了吗？"

盖尔似乎有些心动："我可以多拿一些吗？"

我再次听见父亲的呼唤从后院传来。

"我得走了。"我说着，盘算自己接下来该怎么办。

"我们两个会相处愉快的，对吗？"金先生问盖尔并对我说，"去吧，赶紧去帮你父亲。我和盖尔就唱唱歌，然后吃些糖果。"

金先生已经不耐烦了，想快点儿打发我走："我一会儿会付钱。"

我叫了一声盖尔，不知道她是否听见有关钱的部分。然而她根本没有听见，她正凝视着幽暗的玄关处那些挂在墙面上的瓷盘。

"鸟儿，这些盘子上都是鸟儿！"盖尔此刻异常温柔。她走近那些瓷盘，小心翼翼地取下来，轻柔地抚摸，然后又挂回墙上。

金先生肯定了盖尔的说法，他并没看那些盘子，只是盯着盖尔。他的眼里闪着精光，看起来非常像乌鸦的眼睛——死死地盯着它想要抓取的闪耀的东西，然后偷走，并带回自己的巢穴。

金先生的语气突然催眠一般柔和：“我很喜欢鸟儿，你也一样？我有一只非常特别的鸟儿，你知道吗？”

说完，他一把抓住盖尔，迅速带到录影棚，重重地关上大门。而我，根本没来得及保护盖尔。

父亲的叫声从前门大厅传了过来，我随即朝门口跑去。如果我不及时出现在父亲面前，估计遭受的危险比盖尔面对的更糟糕。

而盖尔，我随后会跟她道歉。

“我一小时后就回来！”我对着紧闭的录音棚暗暗许诺，然后跑向湿热又乱哄哄的院子。

第十三章

现在，我又高又壮，那时，我没能保护芮琳；现在，当我决定保护盖尔的时候，却让她失望了。也许我没办法砍光全世界的树来保证所有小女孩的安全，但是我发誓，我绝不会再让那所华丽房子里的那个男人靠近她们一步！

我人生中第一次如此快速又卖力地干活，可父亲对于我刚才的“贪玩”十分生气，以致午饭前给我加了额外的工作，以示惩罚。他还让我向金先生道歉，因为我没有在花园里好好工作。而我，根本不敢告诉父亲，从来就没有花园的清理工作，因为一旦说了，后患无穷。

锯木头的时候，我满脑子都是盖尔的事。我扬起斧子，就想起金先生带盖尔走时，她眼里的神情。我落下斧子，就会回想起金先生关门的声音。想着想着，我根本就没有砍树。

“那个女孩呢？”

我吓了一跳。

父亲不知何时走到我身后。他递给我一瓶水，那是放在车后座的冰水。

“谢谢。”

“那个女孩呢？”

“哦，她可能跑去皇帝的后院了。”

“不要再让我听见你那样说，儿子！”父亲一屁股坐在草地上，声音像盘绕的响尾蛇。

“什么？”我眨眨眼睛。

他的眉毛低垂，我感觉自己像个做了错事的孩子。难道他知道我在说谎了？我的脸红白相间。

“别再让我听见你叫他皇帝！”父亲一字一句对我说道，“他就是一个人而已，一个不怎么诚实的商人。他所有的传闻都非常不好。他太强势，总习惯用自己的方式解决问题。你要记住——一个富有的人并不一定是好人。所以，以后只叫他金先生。另外，绝对不要相信他。”

我正吞入口的冰水一下喷到脖子上。父亲说的每一句话，都让我感到恐慌。我无比担心盖尔：她还没有从房间出来，录首歌需要这么长时间吗？万一盖尔有什么……那都是我的过错！我向盖尔保证过，会陪她到底。

一群鸟飞越我的头顶，发出凄厉的叫声。似乎正被可怕的动物追赶。它们一闪而过，飞离金先生家的房顶。

不好！

我立马狂奔起来，不到一分钟就来到金先生的房前。我没有敲门，直接想拧开门把手，可根本转不动。

门锁着？可之前离开时明明没有关门。我重重拍打大门，死活找不到门铃。有一只大狮子头在门中央，它嘴里叼着门环，眼睛直直盯着我。

我举起门环捶下去，却突然听见室内有模糊的声音：笑声？

哭声？咳嗽声？

是后门！

我转身跑去，不顾脚下踩踏了一片蓝色花朵。我横冲直撞地穿过院子，根本没注意到玫瑰枝蔓刺伤了胳膊。

后门是开着的。我扎头冲了进去，心里也稍稍宽慰一点儿。毕竟在没有锁门的房间里应该不会有恐怖的事情发生。

我知道，自己这样想只是自我安慰罢了。一点儿用也没有。

可是后厅空无一人。我直接跑向录音棚，希望盖尔一切都好。我不停地咒骂自己，不该把盖尔一人丢在那里。我应该听她的话，留下来陪着她！

当我到达录音棚的时候，一束光刚好照射在我脚下的地毯上。

“小约翰，你在干什么？”

是金先生！他站着的位置看起来像个厨房。我还能看见他身后有炉子，是一个大号不锈钢炉子，炉子上有我从没在其他电器上看见过的那么多的手柄。炉子的后面是水槽……而盖尔！她就站在水槽边，背对着我。她正望着窗外，不知道此刻是不是很失望，我看不见她的脸庞。

“盖尔，”我用肩膀撞过金先生走到盖尔身边，“盖尔？我们该走了！”

盖尔回过头看我。她看起来没有失落，至少没有哭过。可是，可是她的眼睛让我想起了母亲：眼神空洞，没有了一丝神采。

盖尔停顿了一会儿，似乎想要说话。她甚至张开了嘴，抖动下颌在说些什么，可一点儿声音都没有。

就好像她本应该对我说些什么，却又忍住不想再提。

盖尔叹了口气，与我擦身而过，没有看我一眼。她握紧的拳头的手指缝隙漏出一节红色的小棍子，应该是一根棒棒糖。她的手指苍白，应该紧握那根棒棒糖很长时间了。

金先生和她道别，露着满意的微笑：“你随时都可以来。我还想再次录制你的声音。当然，也欢迎你来听听自己的歌声——这样可以让你学会找出自己的瑕疵，进行矫正。”他继续感叹道：“我真希望能请一位音乐专家训练你的嗓音，也许我该雇一个导师帮助你，他们——”

他突然打住了：“算了，不提了。”

他在盖尔经过的时候，想拍拍盖尔的头，却被盖尔躲闪开了。

盖尔几乎是跑出去的。

房间里，只留下我独自面对金先生，这也是我想要的。

我愤怒地问道：“你对她做了什么？”

我挺直身子，走到金先生面前。我比他高很多，能看见他脑袋上的秃发，他的脑袋像鸡蛋般又圆又亮。我真想打破它，想让我的拳头打在他的光头上，逼问他究竟对盖尔做了什么，盖尔为什么会那样跑出去。

“你在说什么？”他狡黠地微笑，那笑容像水面上的浮油一样圆滑，令人厌恶。“我只是给盖尔录音。你知道的，她的嗓音很美。”他的眼神迷离起来，无意识地添了嘴唇继续说道，“如此质朴，真实！”

真实？我在揣测他的意思，朝着他的脸吼道：“你到底做了什么？”

金先生收起笑容，回答我：“当然是做了我想做的。我把她的声音添加进我的收藏集里。”

他皱着眉补充道：“我很感谢你能带她过来，现在，请你出去吧！”

他瞥了一眼我穿的工作装，这让我意识自己的衣服上还留有工作后的汗渍，以及砍树时留在衣服上的小裂缝。“别担心，你会拿到钱的。”

这语气就好像我只在乎钱，就好像他能支付得起盖尔眼里的空洞和茫然。

我害怕起来。我并不是怕他，即使他的恐吓犹在耳边。我是害怕自己再靠近一点儿，就会忍不住使出拳头！

我离开厨房，去追寻盖尔的足迹。

后门微微开着，我摔门而出。我朝卡特琳夫人家跑去，然后停在栅栏边。

“盖尔？”

悬铃木上一只鸟儿也没有，盖尔的鸟窝里也没有传出歌声，但我知道，她就在里面。

“盖尔，”我温柔地呼唤，“你还好吗？”

鸟窝抖动了一下，我听见断断续续的啜泣声。

一只乌鸦在远处掠过，声音短暂而急促。盖尔没有回应我，她没有说话。

“怎么了？”我体内血液在快速流动，就像熊熊燃烧的篝火，“刚才到底发生了什么？”

我再次听见哭泣声，伴着缓慢而纤细的呼吸声。就好像盖尔觉得呼吸太过困难，快要放弃了一般。

我想爬上这棵树，爬进盖尔的窝里看看她。我把手放在栅栏上，我要去爬树！我要爬上树和她说话！我根本不害怕那棵笨重的大树！

可是，我无法动弹——想要爬树的想法让我全身凝固了一般。

“盖尔，下来和我说说话吧。”我哀求着。

父亲的声音从身后面响起：“小约翰，快回来！”

我简直恨死自己了，而我更恨那个给我带来痛苦的房子主人。

“我来了！”我想，我不是在回答父亲。我在回答金先生。

转过身，我阔步走回金先生的房子。

我要跟他谈谈，我知道这样不聪明，实际上相当愚蠢。可我管不了。

看着盖尔的鸟窝，我既害怕又感到恶心。就像十个月前的那场经历。那时候，我看着自己的妹妹像一片急速坠落的树叶，从眼前坠落到地面。我什么也做不了——我没能接住她。我太弱小了，没有力气。

现在，我又高又壮。那时，我没能保护芮琳；现在，当我决定保护盖尔的时候，却让她失望了。

也许我没办法砍光全世界的树来保证所有小女孩的安全。但是我发誓，我绝不会再让那所华丽房子里的那个男人靠近她们一步！

第十四章

我离开了那棵悬铃木，那个鸟窝，那个我为了钱而放弃的小女孩；我逃离了金先生——那个对盖尔做了什么的男人，他让盖尔不敢靠近他，就像盖尔害怕他的触碰那样；我也逃离了父亲，我逃跑时，他正弯着腰捡起地上散落的钞票，并快速放进了自己的口袋

后门没有金先生的影子，我跑去前院。出乎意料地，我没有揍他的脸，也没有朝他大吼大叫，我没有做成任何我想做的——虽然我的愤怒早已淹没残存的理智——可我什么都没做。

因为父亲正和金先生在一起！他们斜靠在前门的扶手边，像老朋友一样相谈甚欢。我简直无法相信看到的一切。父亲恨金先生呀！

“你为什么要和他说话？”我的怒气喷发而出，“你根本就不知道他做了什么！”

他们同时看向我，却只有父亲开口：“小子，你当心自己的嘴。放尊重点儿！”他的眼睛透露出很多的讯息——愤怒、小心，还有害怕？

父亲是害怕，他畏惧金先生。

“尊重？”我揶揄起来，“你知道他是什么人吗？”

父亲几个跨步跑到我面前。他抓起我胳膊，反手一扣，我疼得哭了出来。

“再说一句！”他咬牙切齿斥责我，“你发什么疯？”

我立即反驳回去：“他欺负盖尔！”

父亲手指一松，我趁机挣脱出来。

他转向金先生却没有抬头对视：“这是怎么回事？那个小女孩去过你的房间吗？”父亲的声音有些发抖。我不确定那是因为生气还是其他。

金先生朝我们眨眨眼睛，眼神陡然明亮起来如同刺眼的阳光：“对，你儿子带她来的。我们之前有过约定，他刚才跑得太急了，我还没付给他钱。”

“付钱？”父亲低吼着，回头瞪我，眼神里带着恨意和疑惑，“付给他什么钱？”

金先生也走下门廊。他锃亮的鞋子在打过蜡的木地板上咚咚作响。他掏出自己的钱夹，抽出一叠纸币。他在我眼前晃了晃然后递给我说：“给你，孩子，这是五百美元，我答应

过你。”

“五百美元？”父亲再次问道，“你到底做了什么，儿子？”

父亲看着我，我羞得满脸通红。

我很想解释并不是我做了什么坏事。可我知道我的无所作为更可恨，因为是我把盖尔留在这儿，让她和这个像乌鸦一样讨厌的男人在一起。

“你问他，问他都做了什么！”

金先生对我们摇摇头：“我很希望我的解释能解答你们的疑惑。你把盖尔带到我这里录音，作为交换，我给你五百美元，就像之前约定的那样。”

“你为什么要给他五百美元呢？就为这个？”父亲仍然在咆哮，但这一次，是对金先生。我想父亲比我更明白他的伎俩——像他那样的人不会随便付五百美元却什么都不要的——“录什么音？”

“她的嗓音，她的歌声。我想，你也很喜欢她的歌声吧。”

“可这些钱太多了，如果只是录歌的话。”

“说实话，我觉得这笔钱你们用得上。我知道，经历了那次葬礼，你们现在很艰难。”

“哦。”父亲吐出来几个字，“我明白了。”他回头看我一眼，暗示我回家后免不了挨一顿揍。

“你明白了？你根本不明白，你根本没瞧见刚才发生的一切！”我反驳父亲。他再次扭住我的胳膊，迫使我放弃挣扎。

金先生又把钞票在我眼前摇晃，父亲让我收下这些钱。

我倔强地拒绝。

“拿着！”父亲又重复了一遍。他扭着我的手伸向金先生。

钞票随着风蹭过我们的脸颊。它们还带有温度，有玫瑰和青草的味道。那些钞票上的数字似乎都在嘲笑我。我甚至从没拿过五十美元的钞票，我见过的最大面值，就是教堂里捡到的十美元。

我真的心动了，可我知道不应该要。

可有一瞬间，我甚至觉得收下也没什么了不起。反正我不会把钱全花在自己身上。这些钱有很大用处，至少可以帮助母亲。我们家的房租周五到期，交完之后，还能余一些给她买裙子。

我可以跟盖尔道歉，找其他方式来弥补她；或许，我可以给她买个玩具。

是的，我伸出手接住那些钱，小心翼翼地不去接触那个男人的皮肤。

当我退回去的时候，金先生露出了马脚。他的眼睛洋溢着胜利的微笑，上扬的嘴角更证明了这一点。

他赢了，他用金钱收买了我，他也深知这一点。

“你，你不是好人。我不要你的东西！”我把接住的钞票摔在他的脸上。希望它们像刀片一样坚硬，把他割成碎片！就像我听见盖尔的哭声时我的心被割碎了一样。讽刺的是，这些钞票刚刚碰到他惊讶的脸庞，就四散开来，像羽毛般飘到地上。

我对父亲的咆哮充耳不闻，转身跑了出去，跑到了大路上。

我离开了那棵悬铃木，那个鸟窝，那个我为了钱而放弃的小女孩；我逃离了金先生——那个对盖尔做了什么的男人，他让盖尔不敢靠近他，就像盖尔害怕他的触碰那样；我也逃离了父亲，我逃跑的时候，他正弯着腰捡起地上散落的钞票，并快速放进了自己的口袋。

我把一切都抛在脑后，可耻辱却像碎刀片和玻璃碴，折磨着我的内心。

时间越久，耻辱越深。

第十五章

对的事？我当然知道什么是对的事情　对的事情就是我应该把钱还给金先生，然后要求他给盖尔道歉。对的事，就是如果母亲还爱我这个儿子，就应该原谅我那天发生的事情，或者忘记那些悲伤。

晚上，我躺在床上，希望自己真的可以逃走。然而父亲用皮带狠狠抽打我的屁股，让我根本没能力走出院子。挨打的时候，我一声不吭，我希望欧内斯特和伊莎贝拉都没有听见。

我到此刻都无法相信父亲会打我。虽然他以前总这样威胁我，可是自从我长大了，他就再也没有这样惩罚过我。学校里比我年龄小的孩子也没有像我这次一样被打过。他们犯错时，家长也只是没收游戏机或手机。我想，一定是因为我没有那些东西，父亲才用皮带打我的。

而我本来可以制止他。那个时刻，父亲让我趴下，我想都没想就按要求躺在破沙发的边上，等着父亲的鞭子落下。我已经和父亲一般高，脚还比他的大一些，我本可以马上跑掉。可我动都没动一下。

我希望这样能换回父亲的尊严：他竟从金先生那儿拿了钱——不，比那更难堪。他蹲在草坪上捡起钱，像条狗一样，对一点儿残汤剩饭，也会感激不尽。

不错，我们近来一直很窘迫，甚至会一直贫穷下去。可我也在学习怎么渡过难关。我以为自己卖的力气能让父亲感到骄傲，就算这根本无法改变现状。现在想想，他也许根本不在意吧。

今天，我学会了很多东西，很多不好的东西。我闭上眼睛，强迫自己睡着。可无济于事，我听见隔壁房间里母亲低沉的声音："你今天下手太重了，这样会伤到他！"

接着，是父亲打嗝的声音。他肯定又喝酒了。晚上，他在马路边接我回家时，曾花了一大笔钱在酒店买酒。我在想他需要喝多少才能忘记今天的所作所为！

"男孩子，没什么大不了。他很快就是个男人了。"

"可他仍旧是个孩子。约翰，不管怎么说，你怎么能让他经受这些？他为什么对金先生说那些话？"

一阵沉默后，父亲选择欺骗母亲："我也不知道。"

听到这里，我非常生气。因为父亲警告我不能告诉母亲我的遭遇，他甚至禁止我说话。他还警告我如果透露半点儿风声，就会再被鞭打一次。

也许在这一点上，父亲是对的：母亲本来就处在悲痛之中，如果她知道事情原委，难免会更加伤心。

可我心里憋屈，因为如此一来，母亲肯定以为是我不对。

"你是说金先生给了你额外的酬劳？"母亲已经转换了话题，"太好了！今天你们走后，房东恰巧来了，我本来想先付一部分房租的，可他不接受，非要一次性付清。约翰，他还说有很多人等着住这里。所以周五一定要付清全部房租。”

“你告诉他周五一定给，我们现在有钱了。我今天一共得了六百美元，金先生付了我一周的薪水。所以交完房租，我们还能剩些钱。”

我其实很清楚他们的言下之意。母亲这样说是为了顺利从父亲那里拿过钱。因为担心父亲买醉，母亲觉得把钱放在家里自己掌管更安全。其实这次，她没必要多虑。因为父亲非常顺从：“别担心，我明早就把钱给你。”

听到这里，我的内心十分恼怒，恨不得走出去把钱要回来，然后一张一张塞进金先生的喉咙里，直到他脸色发紫然后死亡。但我忍住了，反复思量盖尔今天的举动，她的状态，以及躲在树上的鸟窝里发出的啜泣声。猛然，我想到了一个词：“破碎！”她的声音听起来似乎被金先生打碎了。

第二天早上我才知道自己已经被父亲禁足了。他打开车门的时候，我正在车厢等他。

“下车！”

“我今天也要去！”

“不行！”他重复着，“赶快下车！”

可我不去，怎么能了解盖尔的情况？我们家去金先生那里有五英里[1]远。我一定要想办法让他带我去。

“可是，爸爸，你一个人砍不了那么多山核桃树。”

“我可以，我也愿意！”父亲转了转方向盘，“你得罪了付我工钱的老板，他昨天通知我不让你去了，他不欢迎你！”

“可是，盖尔——”我还在挣扎。

父亲打断我命令道：“别去打扰她！”

“可她需要我！”我吼叫起来。

“需要你？”父亲眯起眼睛，一字一句地说道，“你给她惹的麻烦还不够吗？滚下车！”

我只好打开车门爬下去。我双腿还没站稳，货车就绝尘而去，甩了我一脸尘土。

我呛着了，但不是尘土的缘故。

我走回家，感觉喉咙发紧，心里还在担心盖尔的情况。我想着父亲讨好金先生的画面，想着父亲对我这个蠢孩子的各种看不起。

打开前门，我听见母亲的声音从后院传来。我寻着声音往里走，开口呼唤母亲。心里想着如果母亲心情不错，我说

[1] 1英里合1609.344米，5英里合8046.72米。——编者注

不定能帮她走出痛苦。母亲最近很少做饭，冰箱内也没什么吃的，只剩一些燕麦、玉米和几罐牛奶。我想我可以和母亲去教堂领一些食物。大多数时候，那些被分拣出来的刚刚过期的罐头和实物，牧师都会同意让志愿者们带回家。因为他觉得，对于来教堂领救济品的人来说，如果领取到过期食品是很伤尊严的事情。

可如果不想舍弃自尊，那就只能饿着肚子了。

估计今天去教会会有过期的金枪鱼。

“妈妈，你在哪儿？”我再次呼唤起母亲。

“叠衣服！”母亲回答我，“快进来，帮我把衣服放好！”

我本以为她在我的卧室,结果不是。她坐在芮琳的小床上，旁边是一篮子芮琳的旧衣服。母亲把衣服倒到床上，然后一件一件叠起来。一条发带从她衣服口袋里掉出来,鲜血一样红。我猜母亲整理芮琳的衣服应该有段时间了，她估计根本就没休息。

“妈妈！”我轻声叫她，内心十分担忧。难道每天我和父亲出发以后，她就在做这个？

“妈妈，为什么要洗芮琳的衣服！”

“小约翰，你问的什么话？”当我坐在旁边时，她重重拍了我的胳膊，“知道她的衣服有多脏吗？简直像个小男孩。”

她的脸上露出微笑：“你知道的，她非常爱你，总爱黏着你。你要是跳悬崖，估计她也会跳……跳……”

母亲突然蜷缩在床上，哭泣起来。我知道，她想起来了。

“妈妈，别这样！”我手足无措，蹦了起来。我知道这样的行为会让她感觉更糟，可我控制不住自己。

她看见芮琳摔了下来，父亲也看见了。那一天我们都在院子里。可是因为母亲从来不提及，我一直以为也希望她忘记了当时发生的一切细节。可很显然，她都记得。我能从她的悲伤中分辨出来。

此刻母亲的眼里满是泪珠，她用责备的语气对我说：“你为什么要那么做？小约翰，你为什么非要爬到树上再跳下来？炫耀给她看吗？你明知道她总是会模仿你！”

“我知道！”我嘶吼起来，“我根本不想这样的事情发生，可是妈妈，我没想到——”

“可你应该想得到！你为什么就不能做对的事！”

对的事？我当然知道什么是对的事情。对的事情就是我应该把钱还给金先生，然后要求他给盖尔道歉。

对的事，就是如果母亲还爱我这个儿子，就应该原谅我那天发生的事情，或者忘记那天发生的事。

至少，她还依然爱我，尽管我没挽回妹妹的生命。

但是过去的十个月，我学会了一个道理：对于已经发生的事情对错与否都没有意义了，因为无法挽回。

可我还是努力尝试，试探母亲："妈妈，你真的在责怪我吗？"

母亲站起来，血红色发带随之落在地上，乱成一团。

"你现在就给我出去！"

我站起来，脸上有滚烫的泪珠滑落，心也跳得厉害。我脑子一片空白，几乎无法呼吸。

我捡起地上的发带，递给母亲。她没有看我，而是扭过头催我离开。

我只好出去，却又在离开房间以后绕了回来。我走进她的卧室，从母亲的梳妆台下面拿出一个金属盒子——这是六岁时，我和欧内斯特一起发现的母亲的小金库——那肮脏的五百美元一分不少全在里面。

我把钞票叠好放进自己的口袋，然后揣着它们去做真正对的事情！

第十六章

这些时间累积的愤怒像一只膨胀的气球填塞在我的胃里，我几乎放弃了一切——包括我最好的朋友——来保守家里的秘密，结果却发现，也许这一切早已不是秘密了。

开始的时候，我跑得太快，耳边传来“呼呼”的风声，于是我调整了步调。我们的家到达县城中心还有很长的路程，所以不能一开始就跑太快，这样很容易就累了。夏日的骄阳下热气腾腾，我的汗水浸湿了衣服，头发贴着头皮，全身痒得难受。

时间正值七月末，那些我跑步经过的草坪显得又干又黄，整个县城是嘈杂的，混着蝉鸣声，以及为躲在屋里消暑的人们提供凉意的空调运转声。

我跑过教堂和邮局，在经过帝国百货商店的时候我放慢了脚步。

这是金先生创办的第一家店，也是最大的一个。窗户上是一幅巨大的图像，那是他们家的标志：一个放在头顶上的皇冠，那头顶和金先生的有点儿像。这让我立刻想捡起石头砸烂它。

我还从没干过这么刺激的事情，但没人阻止我怎么办？真的就没人阻止我？

这样想着，我的眼睛不自觉地看看四周。除了一只黑狗在觅食，街道空无一人。我发现面前正好有块石头，就像专门为我准备的一样。我心里十分高兴，捡起它，准备给窗户上的大头皇帝致命一击。

突然，商店的门铃响了，有人从里面走出来。

“小约翰？”

“伊莎贝拉！”我赶紧低下胳膊。是她。为什么她一个人？

我遮掩着把石头放进口袋，问道：“你在这里做什么？”

“我给欧内斯特买生日礼物。”她一边回答，一边对我嘘声，“他明天生日，记得吗？”

“啊，记得！”

欧内斯特的生日是在夏天。他是我们班里最小的孩子，他过完这个生日就和我一样大了。虽然我现在壮得似小牛，而他还比较稚嫩，但是我们都在成长。

“你会来参加他的生日聚会吗？”伊莎贝拉问我，她的眼睛却朝商店看去，我猜欧内斯特肯定在店里，“你给了我们那只鸟，我们为它举办了葬礼。我跟他说这就意味着我们还是朋友。他还是你最好的朋友，对吗？”

我热血沸腾起来：“我没有被邀请，我想可能是我最好的朋友欧内斯特忘记了。”我觉得自己说的话颇具深意。连我自己听起来都含义颇深。我知道我和欧内斯特不再是朋友这件事错不在他，我也没有在意。只是这次我想小气一回，想要责备他。说完，我就想离开，却被一只胳膊拦住。

“不是的，”伊莎贝拉睁大她的眼睛告诉我，“他根本没有忘记。他跟你妈妈说了两遍让她带话给你。你妈妈没告诉你吗？”

“你说什么？”

“我说你被邀请了呀。他今年就只请了四个朋友，你是第一个。”她咬了下嘴唇继续说道，“他上周找了你三次，可每次你都不在家。他说你不喜欢跟我们玩了。可是在教堂的时候，你对我又那么好。虽然你没答应参加他的聚会……”

我上周一直在金先生家工作。欧内斯特真的来了三次？

“你确定，我妈妈知道？”

伊莎贝拉不满起来：“有一次我和欧内斯特一起去的，你妈妈说她告诉你了。不过那天你妈妈状态不好，一直让我跟……跟……她玩儿……”

“芮琳？”我替她说出口。

伊莎贝拉点点头。

我下意识地感到惊恐和耻辱，因为一直以来，我都以为母亲只在我和父亲面前才会精神错乱。然而连伊莎贝拉都能看出来，那么全县城的人应该都知道了。

这些时间累积的愤怒像一只膨胀的气球填塞在我的胃里。我几乎放弃了一切——包括我最好的朋友——来保守家里的秘密。结果却发现，也许这一切早已不是秘密了。

也许从一开始大家都知道了我们家的一切遭遇，我发狂地想要嚎叫宣泄。

伊莎贝拉似乎注意到我的情绪，她后退了几步，眼里却满是关心。

我忍住愤怒，而假装微笑转移话题："你选好给欧内斯特的礼物了吗？"

她用胳膊擦擦脸，对我点点头。然后，从口袋里拿出一个小东西，用铝纸包着，看上去应该没有"火柴盒"[1]玩具车大。她拆开包装纸给我看，那是一个人工喷绘的小型金属车。

我猜测："是救护车？"

"对！"

"真好，他肯定会喜欢。"

伊莎贝拉非常开心，对我说："要是你喜欢，你过生日的

---

[1] 火柴盒（Matchbox）是一个汽车模具品牌，旗下生产金属玩具车。——译者注

时候我也可以送你。特别是如果你觉得自己现在长大了，送娃娃不合适的话。”

“谢谢！”我仍旧控制着自己的情绪对她说，“我还没长大，真的，还没真正长大！”此刻，我真想冲过去抱抱她。可这时恰巧有两个人正从店里出来，是教会的楚迪修女和她的同伴，都是母亲祷告圈的人。我们彼此挥手打招呼。

等她们一离开，我就迅速把手伸进口袋，摸着石头，我觉得自己刚才想要砸窗的想法实在是太愚蠢了。我以为不会有人看见，其实，所有人都会看见。

“我得走啦。欧内斯特就在 7-11 店里。想不想去跟他打个招呼？”

“嗯，”我假装冷漠地回答，“你替我……替我祝他生日快乐。好吗？”其实我很想让伊莎贝拉也告诉他我根本不知道被邀请的事情，但我不能，因为这样相当于苛责母亲。

她无奈地点点头，有些悲伤，可是眼神里却突然多了几分成熟。她补充道：“愿意的话，还可以来参加他的生日派对呀。想来就来呗。”她停下来等我的回答，可我不知道该说些什么。

“那个坑还是被刨开了！”她又吐出一句话。

“你说什么？”

“那只小鸟的坟墓！被什么东西刨开了！”

“抱歉，刚才没听清。不过这种事情时常发生。”

“可你在的时候就不会！”她不同意我的说法，皱着眉毛反驳我，“你是最会挖坑的。小约翰，下一次，你就告诉你爸爸，然后过来帮忙，可以吗？”

“好，”看着她祈求的眼神，我无法拒绝，“如果爸爸允许的话，我就过去。”

伊莎贝拉非常高兴，她重新包好自己买的礼物，然后跟我道别。

我看着她离去的背影，还是那么熟悉，感觉满是坚定与勇气。芮琳高兴的时候也会这样絮絮叨叨。欧内斯特说过，她们俩超级合拍，在一起比一笼子鹅还要聒噪。我觉得欧内斯特形容得真贴切。

于是，我想念起欧内斯特来。我真的好想跟着伊莎贝拉去 7-11 与他汇合，然后待在一起玩一整天，可是，我不能。

有个很不一样的小女孩需要我去保护。

我再次看着商店的橱窗，怒火又再次燃烧。因为标志牌上那幅油画里的眼睛似乎盯着伊莎贝拉离去的方向，这让我恨不得立刻毁了它。

突然，我感觉到疼痛，那是口袋里不自觉攥紧的手指被石头划破的痛感。我知道，仅仅毁掉橱窗上的招牌根本不足以让我平息怒火。

我一定要把钱悉数扔回金先生的脚边，然后找一块锋利的石头扔在他的脸上。而且庆幸的是，我可以找到他。

一路上，为了解渴，我直接从两栋房子前的水管里喝水。尽管我看见房子外停着的车都在教堂附近出现过，我没有敲门寒暄，请求房主给我些水或者得到他们的允许。因为我满脑子都是金先生的钱，所以在解决这个事情之前，我什么也顾不上了。

后来，我几乎是一路狂奔。以前，我从没有跑过这么远的距离。在学校上体育课的时候，我们有时会跑两英里，有一次三英里，可这次是五英里！不过这种感觉很好，和着奔跑时有规律的踏步，温暖的空气被推进肺部，而后随着每次呼吸排出，发出“嘶嘶”声。

如果不是我脑袋里装着太多的思绪，这样奔跑本该是很轻松的事。可我不停地揣测盖尔的遭遇，她好像根本就不能说出话了。难道是金先生对盖尔的喉咙做了手脚？还是她自己的嗓音出了问题？

也许……也许在见金先生前，我应该先去她的窝——不，她的树——找到她。

我应该弄清楚事情的原委，再去揍那个人。

就这样想着，我一路奔跑，快到卡特琳夫人的家了。这时，一辆救护车从身后冒出来，它鸣笛之后快速超过我往前开去。我继续走着，心里思索着救护车的去向，因为前面除了金先生和卡特琳夫人的家并没有别的房子，而医院应该是另外的方向。

我使劲地踢开出现在脚边的小石头，心里竟然闪过一个念头：我想，可能救护车就是去金先生家。说不定是金先生有心脏病，就像我爷爷那样，或者是其他的病？

说实话，我真心希望是这样。

我终于到达目的地。发现刚刚开过去的救护车停在了卡特琳夫人家的栅栏边，而且是停在她家这边，不是金先生家！

是谁受伤？难道是盖尔？我的心狂跳不止。当我看见救护人员都在手忙脚乱时，我心里一沉。

“不！”我自言自语地冲了过去。

他们都聚集在那棵大悬铃木下。

我知道发生了什么，我深深知晓。

一定是盖尔从树上摔了下来。

而这一次，我没能出现在那里，救她。

第十七章

我透过人群瞧见一个身穿蓝色工服的男人被人们围着抢救，那个人的工作衫和牛仔裤上全是血迹，还有一双棕色皮革工作靴……这靴子我认得！它每天早上都放在我家的门口！是父亲！

杰迪·卡特琳和他的母亲站在前院的草地上，远远地望着后院这边，就像游戏里的看客那样。我跑过他们身边时，被杰迪拽住衣袖。他叫喊着企图阻止我，并在我要挣脱时警告说："他们说了，后面待着！"

"你滚开！"我咆哮着，心里只想做些什么，哪怕只是给盖尔道歉？我真的希望她还活着。

挣脱了杰迪，我不断向护理人员聚集的地方靠近，心越来越慌张。

可是，我突然发现有些地方不太对！那里根本没有粉棕色的格子衫，也没有沾满落叶的棕色头发！

相反地，我透过人群瞧见一个身穿蓝色工服的男人被人们围着抢救，那个人的工作衫和牛仔裤上全是血迹。

还有一双棕色皮革工作靴……这靴子我认得！它每天早上都放在我家的门口！

是父亲！

"爸爸！"我大叫着，想要挤进人群。

"我们要把他抬上担架！后退，后退！"一个工作人员扭过头来警告我。

我听话地后退，大脑里一片空白！

两个男人顺势把父亲抬上旁边的担架上，然后停留在父亲的左臂旁……查看吗？

我看向父亲的胳膊，没有什么异常，但是他胳膊肘以下的部分却被胶布和绷带厚厚地包扎着，以致我根本不清楚他的胳膊到底怎么了。

难道骨折了？

还是断了？

救护人员抬着担架迅速上了救护车，仅仅一瞬间就关上车门离开了。此时，被留在原地的只有我，还有周边的血迹和一截锯断的树枝。

我眼冒金星，一阵眩晕。我以为自己要失去知觉了，却感觉到脚下的草扎进裤管有些刺痛。接着，有一只手放在了我的肩膀上。

“我很抱歉，小约翰！”盖尔小声说道，“我很想帮他疗伤，可是做不到。”

我闭上眼睛，努力放慢呼吸。

另一个声音从卡特琳夫人的房子里传来：“小约翰，待在那儿别动。我在联系马丁牧师。”

“知道了，夫人。”我机械地回应，觉得自己根本站不稳了。

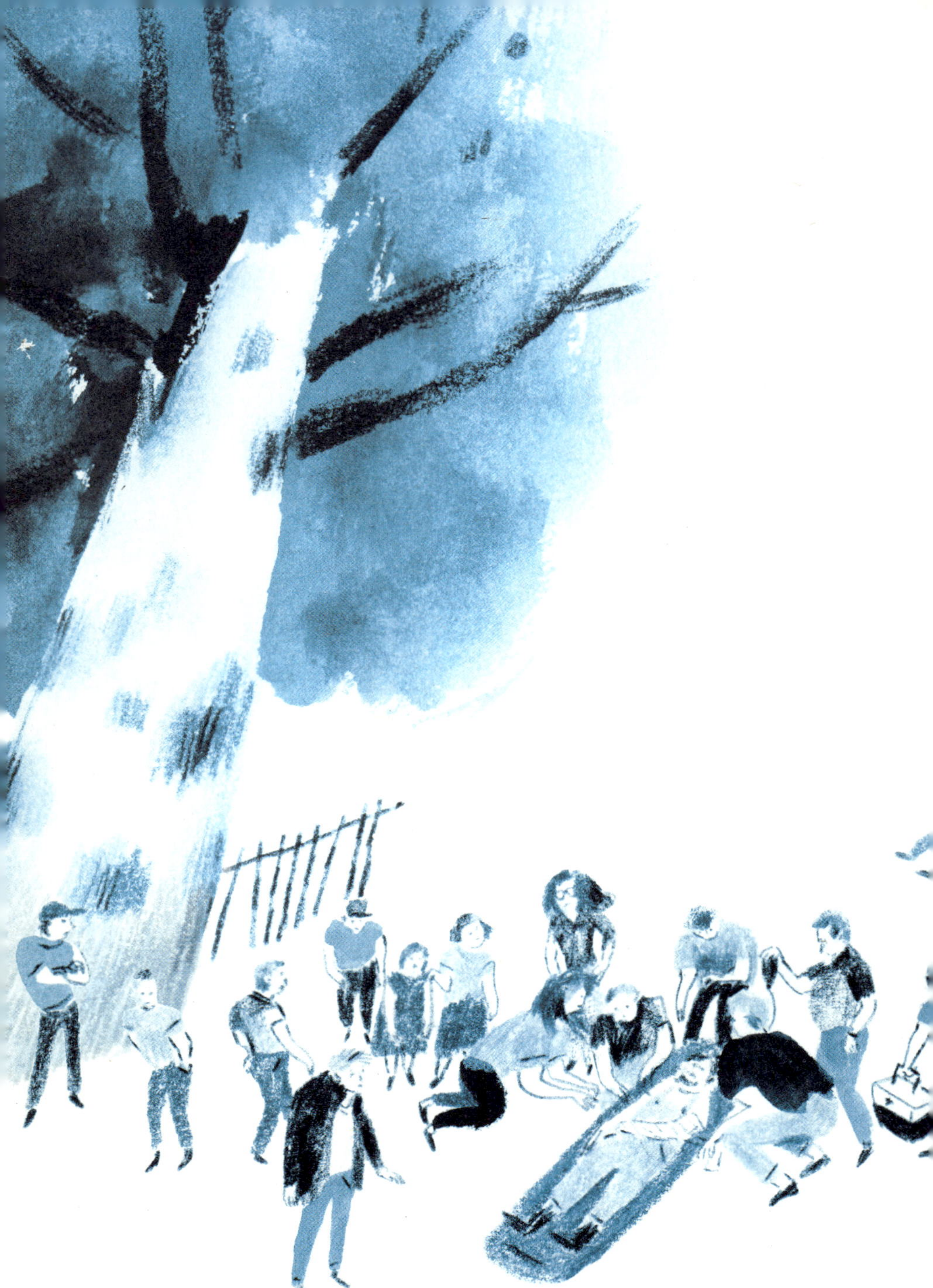

我的双腿一点儿也不听使唤，盖尔在一旁扶着我。

我问她："刚刚发生了什么？"

"他准备把悬铃木上已经枯死的枝干锯掉，但是他——"盖尔的声音弱下来。

"他一个人？"我用手掌不停地拍打前额，真希望自己有个锤子，这样我就能打爆自己的脑袋。

"这不是你的错，"盖尔安慰我，"你爸爸受伤前和我谈过话。他告诉我他让你今天待在家里了。"盖尔停顿了一下，继续说："他还问了一些关于金先生的事情。"

"是吗？"我仍旧神情恍惚，"他跟你说什么？"

"你爸爸让我远离金先生。我答应了。"盖尔停顿了一下才继续说道，"他是个坏人！"

天啊，金先生到底对她做了什么？

"我不该带你去那儿，我本该听你的。我根本就不应该为了那五百美元，不该为了钱去伤害你，我——"我沙哑着喉咙忏悔，"对不起！"

可是道歉就能让事情变成对的吗？我对她造成的伤害，要怎么补偿呢？突然，我有了主意。

——把钱塞进金先生的喉咙多蠢啊！我把手伸进口袋，

拿出那些钱。

“给，这些都是你的！”

“我不要！”盖尔拒绝了。

她的举动让我有些生气，我再次把钱给她。

“拿着！”我又推给她。

“拿这些钱干吗？”

“去买点儿东西？”我指着那棵树，“买个宝贝，闪亮的宝贝。”

“珍宝从来不是店里买来，小约翰！”盖尔看上去失望极了，她认为我本该知道这一点。

“好吧。可是这些钱我也不配拥有。你想用它干什么都行，你拿去——”我抬起头，“拿去铺你的窝，或者叠纸飞机。总之，我不会再拿回去了！”我把钱扔在地上。绿色的钞票散在草地上，没有一点儿生命力。

我们彼此都不说话，气氛凝聚成一根紧绷的弦，仿佛稍微震动就会断裂。

接着，盖尔慢慢地把钱捡起，握在一只手里。那么厚的一卷钱，她的小手根本就包不住。

“我一会儿放回我的窝里。”

“嗯。”

我听见远处知更鸟的鸣叫，不知怎的，它的叫声变换不停，仿佛还没想清楚哪个声音更适合它。

盖尔深深吸气，然后用钱擦了擦流下来的鼻涕。

“我不能治愈你的父亲，”她告诉我，“我现在什么也治愈不了了。”

“不，你可以。”我知道她所说的是自己嗓音具有能量的事情，可我并不想告诉她，那只是她编造的故事罢了，就像所有爱幻想的小女生经常想象的那样。我再也不想偷走盖尔身上拥有的小女生的任何美好了。

“不，你没听懂。金先生偷走了它！”

“偷走了什么？”

“我的嗓子！”

“什么意思？”我还是不能理解。

“是他做的！”盖尔小声低语，“他毁灭了我的嗓音。他拿走了。我不知道有人会那么做，又为什么要那么做。可是，现在我的嗓音真的消失了。”

一只飞蛾停在地面上，被地上的树枝困住。盖尔捡起它，放在自己的手掌心，

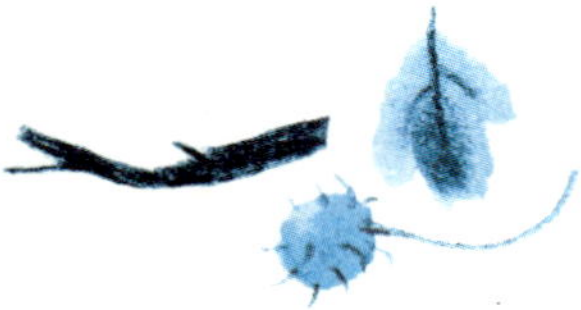

飞蛾的一只翅膀弯曲着，像断线的风筝。盖尔提醒我看，然后她张开嘴，深呼吸。我等着她的歌声再次传出，那些旋律——我仍旧不能确定是否有治愈的功能——但它们能让我感觉到快乐和完整。而那歌声也是她生命的重要部分。

可是，没有任何旋律传出来。我听到的却是呻吟，就像垂死动物的最后一声。

“看见了吗？”盖尔等着我看那只飞蛾。她摇晃了一下手

掌。飞蛾在她的掌上扑棱，无力地拍打那只健全的翅膀，想要飞出去。

有一阵子，我凝视着飞蛾，思索盖尔说的话的含义。她真以为自己能治好飞蛾折断的翅膀？

“你知道，你并不能治愈任何东西的，对吧？”我最终还是说了出来。

我接过那只飞蛾，看了看，然后把它放在一段树枝上：“你不能……真的治好世界上已经受伤的东西。那不是你的责任，盖尔！”

她叹息着，用坏掉的嗓音回答我：“我知道不是。”

“好吧。”我站起来，必须离开了。我要去确认卡特琳夫人给母亲打过电话，确认会有人带我们去医院。

我要确认父亲是安全的。

离开的时候，我听见盖尔说了一句话，那句话在接下来的几天里一直萦绕在我耳边。

“那也不是你的责任！”

第十八章

『对不起，爸爸，』我深呼吸，『我再也不会让你失望了！』当然，父亲并没有回应，但是他床边那个发出响声的机器，仿佛录音机般记载着我的承诺。我知道，这个承诺，我一定会遵守。

布朗伍德医院到处弥漫着柠檬清新剂混合防腐剂的味道，从而掩盖住医院本有的气味。我深呼吸着，跟在马丁牧师身后，走过很多重房门，终于来到了重症室。

卡特琳夫人给母亲打电话告知事情的经过，可母亲今天并不在家，因为今天恰好是她给教会帮厨的日子……碰巧欧内斯特的妈妈从别的邻居口中得知警车去过我家的消息，便将母亲带来医院。所以，是欧内斯特在我家接听了那通电话，这虽然很奇怪，但毕竟帮了大忙。马丁牧师从卡特琳夫人家开车载我来到医院，并在路上买了些吃的。

胳膊下夹着的袋子里飘出炸鸡的酥香，我的肚子开始“咕咕”抗议。我今天一路从家走到金先生家，早中饭根本没吃，所以此时我已饥饿难耐，也不知还能坚持多久。

一个护士出现在重症监护室的门口，阻止了我们的脚步。她对牧师说：“非常抱歉，每个病房只允许两人探视，病人的妻子已经在里面了。”

“他怎么样，阿琳？”牧师轻声询问护士，顺带瞥了我一眼。

我装作没有注意，也无心听他们对话，其实内心却紧张极了，竖起耳朵仔细听护士的回答。

“他的情况非常不好，但医生认为应该能保住。”

“谢天谢地！”我心里默念，舒了口气，靠在墙边。

牧师看起来想和我说同样的话，但他只是点点头，然后说：“这是他儿子。”

护士清清嗓子，皱眉打量我一眼，挺了挺身子，对我说：“孩子，你在这儿等着。我去告诉你妈妈你来了。”接着，她移过来一个椅子给我，并招呼马丁牧师进去。

我坐在那里等了很久很久，门终于又开了。母亲走了出来！我跳起来询问父亲的状况，手里拿的炸鸡袋子“砰”地掉在地上。

母亲微笑地看着我，可是那笑容非常不自然，似乎她也不确定自己应该做出怎样的表情。

“他们说你爸爸已经脱离危险了。他现在睡着了。”

“我能——我能看看他吗？”

“我不知道。”母亲咬着嘴唇犹豫着，“最好先等等。”

“就一眼！”我哀求着。

我脑海里全是父亲躺在悬铃木下痛苦的场面。我想告诉他自己不该让他一个人干活，虽然是他让我待在家里。可我们都知道，那样的活一个人根本做不了。如果我不把他逼到那样的绝境，如果我能关心他而不是自己的麻烦，如果盖尔……

我想向父亲道歉，我本应该待在那儿帮助他！

母亲还是答应了我，并提醒我说：“小声点儿，不要吵醒他。”

起初，护士并不想让我进去。不过马丁牧师从病房出来并招呼我进去。我想他应该是急匆匆出来吃炸鸡的，因为经过我身旁时，我听见他的肚子也在“咕咕”叫。

病房有一扇大玻璃窗，里面的帘子挡住了大半视线。我

走进房间，看见父亲全身都插着管子，多得根本分不清那些管子的走向。父亲还带着氧气罩，他床边的机器发出柔和的声响，像沉睡的蛇发出的“嘶嘶”声。

父亲脸色苍白，整个人仿佛缩小了。他的脸和脖子上全是伤口，估计是被大树枝倒下时连带的小枝丫划伤的。我鼓起勇气看向他的手臂，从我能辨认的程度看，似乎没那么糟糕。也可能是缠了很多绷带的缘故，我不太看得清。但应该是正常长度，里面确实包裹着半截手臂。

“对不起，爸爸，”我深呼吸，“我再也不会让你失望了！”

当然，父亲并没有回应。但是他床边那个发出响声的机器，仿佛录音机般记载着我的承诺。我知道，这个承诺，我一定会遵守。

我离开重症监护室后，听见母亲在和牧师交谈。

“不，”母亲柔声说道，“我们不需要钱。金先生给医院来过电话，他说会付这笔费用，还有约翰今天的工资。”

听到这里我在想：“下周呢？下个月呢？我们怎么生活？”

“你知道的，玛丽，我们一直都在。”牧师说，“有需要就打电话来！”

“谢谢！”母亲站起来，同时发现了我，“我们有计划的，这周我们还有点儿额外收入，可以继续租房。”

这句话让我的后背直冒冷汗。母亲说的那五百美元，她还以为仍旧在家里，她还准备明天交给房东！

我溜出去坐在椅子上等母亲出来，那些被我吃掉的炸鸡在胃里翻涌，像是又长回羽毛，扑棱着要飞出我的喉咙。

母亲又折回去跟护士说话。马丁牧师走过来，把手搭在我肩上说：“我知道这很艰难，孩子。可你现在就是家里的顶梁柱了，你能处理好一切吗？”

我点点头，捉摸着牧师的那些话。我在想所谓的顶梁柱是不是也要开始喝酒、看新闻？

牧师看出了我的疑惑。“多帮帮家里的忙，好好照顾你母亲。”他弯下腰，我闻到他嘴里的鸡腿味，“你母亲现在有一点儿……有点儿失落，她一直在谈论你妹妹，就像你妹妹还活着一样。今天以前，她也这样吗？”

“没有！先生！”我撒谎。

“好吧，”他转了转脚，然后换了种眼神继续说，“那就好。我去告诉医生。医生也是有些担心你母亲，本来想给你妈妈做些检查。他觉得你母亲最好和你现在回家去，收拾下东西，然后好好休息一下。”他斜靠着墙，看着我的眼睛补充：“有需要就打电话给我，知道吗？”

我再次点点头。母亲走了过来，牧师立即直起身子。他笑着对我们说：“我现在带你们回家，明天早上再来接你母亲。你就待在家里，可以吗？”

“我可以！”

第二天，我的确做好了自己答应的事，我打理好家里的一起——把母亲从教会里带回的食物放进冰箱，喂猫，擦洗盘子——直到母亲斜躺在客厅的沙发上，看着电视睡着。

是的，在她睡着前我打理好家里的一切，可是之后呢？

只有一只北美夜莺停留在窗外听见我整晚的痛哭声，而这竟是一天里最最美好的事情！

第十九章

我知道自己接下来该怎么办，尽管这个想法让我恶心。我把零钱放进口袋，然后把八十二美元纸币放进信封留在门外，好让房东容易发现。我知道仅仅这些钱是不够的，但我会立即去卡特琳夫人家找盖尔，去盖尔那儿要回剩下的钱。

接下来的两天，我们都待在医院，等待着医生的召唤，等待着护士让母亲签署更多的文件，等待着弄清楚父亲何时能够出院。

可是一切都没有变化。除了每次想起钱的时候，我的胃就会疼痛。

我们怎么能交上房租？我想过打电话求助马丁牧师，最终却没有，因为他是不会懂的。

肠子不停地抽动，提醒我应该做些什么：我应该把那些钱再要回来。

但这样根本不行。因为这样，我就打破了另一个承诺。

周五的早晨终究来了，母亲这天的精神很棒，这让我有些惊讶，我宁愿她低落一些。但是教会里的人经常去医院探望我们，也会来家里照顾猫咪，给植物浇浇水。他们还会把冰箱都装满食物，这一切都让母亲精神好起来，虽然父亲的情形依旧不乐观。

我起床吃早饭，发现桌上已经摆放着有糖的燕麦粥和一杯牛奶。我和母亲打声招呼，发现她黑眼圈深陷，头发也很凌乱。

但她却微笑着看我，甚至走过来拍拍我肩膀说：“小宝贝，你终于起来了！我还以为你要睡一整天呢。”

“妈妈，你没事吧？”

她再次拍拍我，然后走到水槽边说：“这是什么话，像你父亲那样受伤吗？我很好！”她微微叹气，开始清理那些堆积了两天的盘子，继续说：“你现在去穿衣服吧。”

“我们今天要去医院吗？”

她摇摇头：“牧师刚打来电话，他说半小时后接我去医院。好了，洗完了。”她解开围裙，把头发梳起来。

我走过去打算帮她系头发。她挥挥手拒绝了我说：“不用，我自己就行。我只要你——”她很吃力地缠着自己的辫子，有几缕头发散落下来。“你留在家，一会儿把房租交给房东，你能做到，对吗？”

我真庆幸她没看我的脸，因为我知道自己此刻的表情多么恐惧、不安和内疚。而母亲，她还在忙着放她的围裙。

“嗯，我可以！”

“好，”她走进卧室，“我把钱拿给你，要让房东给你收据，知道吗？”

我迅速跑到母亲身后说：“你不用拿了，妈妈，我知道钱在哪儿。”

“你不知道，我藏起来了。”

我不能直接告诉她自己知道藏钱的地方。情急之下，我突然看见牧师朝我家走来，于是大叫：“妈妈，牧师来了。他好像赶时间！”

其实根本不是，我只想让母亲走出卧室。

“天啊，已经九点了吗？”她理了下头发，顿时忘了钱的事情。

我跟着她一起来到门口。母亲打开门说：“马丁牧师，不进来坐坐吗？”

“不了，抱歉今天来得有点儿早。咱们社区有个教友去世了，可怜的人。你应该认识吧？是戴维斯夫人！自从她那次摔了以后好多年没来教会了。今天早上我接到的电话。所以现在咱们就走，可以吗？”

母亲答应了。她扭头转向我，我以为会给我一个拥抱。可她只是小声提醒我说：“房租钱在下面抽屉盒子里，只给他六百美元就行了，一分都不要多。”说完，她就跟牧师上了车，还补充了一句：“别忘了要收据。”

之后，我走回卧室拿盒子，看看里面还有多少钱。我依稀记得还有些钞票，说不定能凑够六百。

结果根本不可能，要不然母亲早就交房租了。我数了数，一共八十二美元，还有些硬币。就这些，再也没了。

我知道自己接下来该怎么办，尽管这个想法让我恶心。我把零钱放进口袋，然后把八十二美元纸币放进信封留在门外，好让房东容易发现。我知道仅仅这些钱是不够的，但我会立即去卡特琳夫人家找盖尔，去盖尔那儿要回剩下的钱。

我安慰自己，盖尔根本不会在乎那些钱，然后穿好鞋子，开始将近十英里的往返路程。我想着盖尔说过她不在乎那些钱，可她的窝里会放着什么？我想起来，是珍宝。

或许我可以和她交换，可一个八岁的小女孩会喜欢什么样的宝贝呢？

我真蠢，多明显啊！我立刻跑进芮琳的房间，去拿一个唯一我能想到盖尔会喜欢却没有的东西——芮琳的发带！

然后，我一路奔跑。

中途我跑进超市停留了一分钟，想吹吹冷气。站在柜台前的女孩皱着眉头问我要买什么。

“可乐！”我告诉她，好像我早就确认要买可乐一样。我口袋里有足够的零钱——如果用现金支付，我就能省三便士——可以给盖尔买口香糖。女孩见我拿出皱巴巴的零钱很不高兴，但听说是要给卡特琳夫人家的孤儿买口香糖又笑起来了。

走出超市，我继续跑着。前天的那次奔跑加重了此时的脚痛。我的网球鞋又有些紧了，难道我的脚又长了些？真希望不是，因为网球鞋实在太贵了。

大概还有一英里的时候，我看见了经常在金先生家溜达的那只黑狗。我捡起石头扔过去，不想让它跟着我。黑狗立刻躲进旁边的树丛，但我能感觉到它的眼睛一直盯着我。

最后，我的脚步停在了卡特琳夫人家的前院。我听见了盖尔的歌声，像天空一样纯净。这不是我曾听过的美妙，她现在的嗓音有点儿颤抖，而且声音实在是太大了。她以往在前院唱歌都很温柔。

“盖尔！”我叫喊着。

门开了。

“你到这儿来干什么？”杰迪穿着运动短裤和 T 恤。那件 T 恤我在教会的捐赠箱见到过，因为那是我的衣服。这让我感觉舒服了很多，因为这时我才知道自己不是唯一一个从教会捐助箱里拿衣服穿的小孩。所以杰迪也不会取笑盖尔的衣服，因为咱们都是一样的。这样的想法让我差点儿笑起来。

杰迪似乎注意到我在看他的衣服，他有些尴尬。他或许也记得这是我的衣服。

“你来干什么？”杰迪再次问我，“你为什么不跟大人们一起待在医院？”

我不打算告诉他来这里是找盖尔拿钱的，于是耸耸肩打算敷衍说：“我有些东西要给盖……苏西。”

“盖－苏西？”他重复一遍，然后走近我。他的声音柔和起来，并回头朝院子里瞧。虽然不确定，但杰迪的眼里有着一种我能读懂的情绪——那种我最近一直备受折磨的——愧疚感。

“你不必过去了，你可以把东西给我，我替你给她。”

我淡定地拿出发带给他：“就是些女孩的东西，我觉得你不会喜欢，你又不是个小女孩！”我盯着他的眼神有一丝戏谑。

他的脸更加红了，似乎要揍我，但最后还是忍住了。

我继续嘲笑他说：“你知道吗，杰迪，这个蓝色的发带和你的眼睛很相配。”我抽出一根发带，走上前去，做出要替他扎头发的动作。

“你去——！”

门“砰”的一声关上了，淹没了杰迪剩下的话，我知道他要说什么，可我根本不在乎。

我赶紧跑去房子后面，想要立刻和盖尔说话。她仍旧在唱歌，非常非常响亮。

我很开心她又能唱歌了，这是一件天大的好事。

但当我到达后院时，歌声停止了。

“盖尔！”我大声呼唤。

歌声再次响起，还是同样的旋律。我突然意识这声音根本不是出自盖尔。这不是盖尔在唱歌，因为我从没听见她重复唱一首歌时，腔调能一直一样。

是录音机的播放！

我跑到栅栏边望了一下：金先生家的窗户开着，窗帘随轻风来回摆动，而他正在听自己录制的盖尔的歌声。

我环顾他家的花园还有卡特琳夫人家的院子，都没有盖尔的身影。

我抬起头，朝悬铃木看去。

“盖尔？”

我立刻发现盖尔不在窝里，她也不可能在！

因为，她的鸟窝，已经消失不见了。

第二十章

我闭上眼睛，脑海里全是不堪回首的回忆和深深的愧疚。我想睡觉，可是脑袋里不停重复着那句古老的谚语：“恶者不息，永无宁日。”这是教会的修女们经常说的话。我以前并不明白，现在却真正地懂了。我从没想过自己会是个混蛋。

她的鸟窝去哪儿了呢？

那棵高大的悬铃木上什么也没留下，仿佛那个鸟窝根本没有出现过一样，消失得干净彻底。我在地面上仔细地搜索，期盼能找寻到一丝踪迹。终于，我发现了一张银色糖纸，那是我以前给她的；还有一些卵石？我弯腰捡起一块，石头中间有一条直线，就像是刚刚破壳的小鸡留下的那种纹理。我把所有发现的东西一一收集起来——一张有字迹的纸，看起来像八岁孩子写的。难道是一封信？我只能辨认出几个零散的单词：妈妈，唱歌，想念。我把所有这些：糖纸、信纸，甚至是卵石，全部放进口袋。

清风吹在栅栏上，也吹来一些东西。我走过去才发现是头发——是长长的头发缠绕在栅栏上。我解开它们，用手指挽起来。我感觉到它的柔软，这种触感像我在仓库外捡到的那只燕子的羽毛。这是盖尔的头发，她把掉下的头发也放进窝里？

盖尔总会把花环戴在乱糟糟的头发上，是不是不小心扯下来一两根头发？

可是这些头发越来越多，飘落整个院子。难道她把头发剪了？

我还记得芮琳在幼儿园的时候剪过头发。她回家的时候蔫得像一只落汤鸡。也不是剪得不好看，可那是芮琳最最柔顺的长发啊。后来,卷曲在脖子上的短发让芮琳受过不少嘲讽。总会有人叫她“卷尾巴的小猪”！

母亲为此很伤心。我理解母亲,因为芮琳的头发漂亮极了，比世界上所有的东西都要柔顺。就像蒲公英的种子，也像美丽的花蕊。

还像盖尔的头发。

“盖尔？”我继续咆哮着，“盖尔！你在哪里？”她跑走了吗？隔壁传来的音乐让我停顿了一下，我再次喊叫起来。

卡特琳夫人后院的门被打开，卡特琳夫人走了出来。她穿着睡衣，不停地摆弄双手。

“你在后院嚷嚷什么？快回家去！”

“盖尔在哪儿？”我走到房前质问她。卡特琳夫人后退一步，却轻蔑地看着我。我一点儿也不在意她是不是害怕了。她最好是怕了，因为我只想狠狠揍一顿把鸟窝毁掉的人！

“你问谁？”她退到另一边问我。

“苏西！苏西在哪儿？”

“这不关你的事！”她斜着眼回答道，“这没你的事儿！”她走到后门，想堵住门道。她在隐藏什么？她伤害了盖尔吗？是她和她恶毒的儿子一起打了盖尔吗？卡特琳夫人大喘一口气，再次后退。我能想象自己的表情有多么吓人！

“我要叫警察了！”她威胁我。

“我见到她就离开！”我试图让自己平静下来，心里知道挑衅卡特琳夫人对盖尔没什么好处，“就叫她出来一下。”

卡特琳夫人似乎又要吐痰，但这一次，她咽了回去。接着她转身，耸耸肩膀，朝门内叫喊：“苏西！苏西，出来！”

我们等了十秒，二十秒，不，三十秒的时间。盖尔的歌声又从隔壁的录音机里传出来。我能感觉到卡特琳夫人也不喜欢听这歌声，和我一样。门帘关上后，我听见卡特琳夫人又叫了几声盖尔。

“天啊！怎么回事？”

“她自己干的！”卡特琳夫人辩解道，“用她自己的手弄的。我根本不让这些孩子用剪刀。都是她自己干的。”她使劲摇头：“我都不知道要怎么跟督察员说。看看，这个女孩一定是疯了。”

盖尔看上去糟糕透了。我的视线定格在她的头顶，手里本来捏着的那缕头发飘落到地上。我现在终于可以看见了，盖尔根本没有剪头发，她直接把头发扯下来！她头顶上光秃秃的地方，就像小狗身上的疥癣。

我的舌头卡在舌根，根本说不出话来。看见她这样折磨自己，我不知道自己能说出什么来。

盖尔的头皮红红的，有些地方还有血迹。那些血迹黏在发丝上，已经和头皮长在一起。这不禁让我想起曾经在栅栏边受困的小鹿。盖尔这个样子有多久呢？几个小时？还是一整晚？

我想，无论是谁，都要经历很多时间的自我折磨，才能受伤成这个样子吧。

我跪下来，看着她的脸庞说：“盖尔，为什么要这么做？”

她仰起头看我，一丝笑容也没有。她的眼睛缓缓转动，望向院子里散落东西的地方。我轻声问她：“你的窝怎么了？掉下来了吗？”我有些疑惑，难道是她扯下去的？

“杰迪。”她在我耳边低语。

“进屋去！”卡特琳夫人发话了。

盖尔顺从地往回走。

“我找到了这些，”我从口袋里掏出刚才捡到的那些残留物，“你想要吗？”

她回过头盯着我的手掌，仿佛看见的是毒蛇一样。

“不！”她拒绝了，头也不回地走进屋里。

我想她是对的。这些东西以前对她来说的确是宝贝，可是现在都被毁了。是杰迪毁了这一切。

“等等！”我想起自己此行的目的。也明白了现在的情形：“你——把昨天我给你的东西——也放在你的窝里了？”

盖尔走进屋内的时候点了点头。

于是我更加确认了一切。这不是杰迪的错，是我犯的错！是我在大庭广众之下把钱给她。杰迪一定是看见了，所以他爬上盖尔的鸟窝，拿走了钱。

可是那个小窝根本容不下这么大的孩子。所以他把窝给毁了。我甚至不能指责杰迪——如果有人在我的院子放了五百美元，我也会爬上树拿走，如果我不害怕爬树的话。

是的，这些都是我的错，我要为此负责。

而我此刻要负责的就是把钱要回来。

如果我吃了早餐的话，此刻一定会吐出来！走回前院，我开始重重敲门。

我本不应该打扰的。

我知道本不该再次打扰。

卡特琳夫人出来了，她比刚才更生气。

“我警告过你快走！不然这一次我就叫警察了。你简直就是个疯子！”

“我很抱歉，卡特琳夫人！”我让自己看起来非常畏惧，非常胆怯，这样好让她以小孩的眼光来看待我，“但是我昨天给了她一些钱——”

她立刻打断了我：“那你可真够蠢的。现在赶紧走，我还要工作！”

门在我眼前重重合上。我后退一步，再次重重地敲门，这一次，我只听见门上锁的声音。

我一定要拿到钱交给房东，必须马上拿到。

首先我跑回悬铃木下，安置好盖尔遗留的那些东西，这样等她改变主意的时候就能找到。接着，我开始往县城中心跑去，仔细地揣摩县城里谁能借给我五百美元。一个都没有！我可以清理草坪，但是这就意味着每次清理只能得到二十五美元，况且也不可能一天之内清理很多次。

我想着自己赚的零花钱，虽然这样于事无补。以前我经常去赚些零花钱，有时候会跟欧内斯特一起——虽然他并不缺钱。我们捡来垃圾桶里的瓶瓶罐罐卖给垃圾回收中心；也会去铁路边收集悬钩子，等每年五月卖给学校的老师；我可以除草、遛狗、乞讨……只要有人愿意给付我报酬。

可问题是，我所有的朋友都会做同样的事。县城里也没那么多草坪让我来清理，说实话，根本就没有什么工作能让我这十二岁的小孩子做。

我慢慢地走在路上，一直在努力想各种办法。

最终走回家的时候，我的皮肤已经被太阳灼伤，脑袋也因为想太多疼得厉害。我看见门边有两个小纸条。一个是欧内斯特的，我读得很快："过来吃晚饭，给你看看我的生日礼物。对于你父亲的遭遇，我很抱歉。今天晚上有猪肉，求你来吧。"

我差点儿笑起来，欧内斯特最讨厌猪肉，但是我喜欢。

每次他都会等妈妈离开餐桌时，偷偷和我交换。她妈妈还以为孩子每天都乖乖吃饭了。

此时此刻，我真的好想吃猪骨头啊！我希望一家人能团聚在一起；我希望有钱买猪肉……我希望能付清医生的账单。

还有房租。

另一个是房东的。我打开纸条，一边看一边哭了出来。

他说自己听说了父亲的遭遇，也拿走了留在袋子里的钱，但剩下的还是要立即付清。过几天他再来收钱，如果到时候不能补齐余款，就要下逐客令了。

我把纸条揉成一团，塞进厨房垃圾箱的最底下。

冰箱里全是砂锅菜，我实在有些忍受不了乱炖的食材中奶酪和牛肉糜的味道。于是，吃了两块又干又硬的面包后，我开始工作。

我不想母亲回来的时候看见家里乱七八糟，因为她回家将要面对的是偷了她钱的儿子。而我，想做点儿力所能及的事来弥补。

我一定是在沙发上睡着了。直到母亲冰凉的手触摸我的额头，我才醒过来。

“小约翰，你病了吗？你在发烧。”

“是灼伤。”我想坐起来。

“别起来。”母亲温柔地让我躺下。

她站起来准备走出房间，却又在最后一刻回过头问我：“你交房租了吧。”她似乎觉得这不是什么大问题，于是补充说道：“谢谢。”

我坐起来震惊地问她：“什么——”

她只是微笑：“我检查了放钱的盒子。谢谢。”然后关上灯，在黑暗中她对我说：“我知道能指望你。现在快睡觉吧。”

我本应该拦住她，告诉她事情的真相。可是我没有。她看起来疲倦极了，苍老了许多，她这种神情我只有在芮琳的葬礼上才见到过。

我闭上眼睛，脑海里全是不堪回首的回忆和深深的愧疚。我想睡觉，可是脑袋里不停重复着那句古老的谚语：“恶者不息，永无宁日。”这是教会的修女们经常说的话。我以前并不明白，现在却真正地懂了。我从没想过自己会是个混蛋。

可现在，我就是个混蛋，是个骗子，是个小偷，因为丢下父亲独自干活，我甚至是个杀人犯。我在一点儿一点儿变成恶魔。

暗夜里，我一直清醒地思考这些东西。

第二十一章

是那个人让盖尔受到惊吓，是他害盖尔不能再唱歌，是他偷了盖尔的歌声！我想杀了他。可我不得不求他借钱给我。

“爸爸怎么样了？”第二天早餐时间里，我问母亲。

这个应该叫早餐吧，没有了往常的牛奶或燕麦，今天早上吃的是欧内斯特妈妈带来的砂锅菜，边缘部分已经变硬了。我昨夜几乎没睡，但是知道今天还有很多事情要做，于是我也打算喝一杯咖啡。

母亲听见了我的询问，却根本没有回答我。她只是给我倒了一杯咖啡。我喝了一口，觉得舌尖可真苦啊，跟我此刻的内心一样苦涩难咽。很明显，母亲昨晚也没睡好。

“他还行。”母亲还是应答了我，“不管怎样，比昨天好转了些。”她闭了下眼睛，或许是有点儿头疼，然后接着说道：“医生说还要留院观察几天，但应该很快就能回家了。”

“真的？”

真是个好消息！或许父亲的伤情也没那么严重，这样等父亲回家就可以继续工作了，我们就可以很快赚到房租钱。当然，我也知道自己一定要配合着父亲全力以赴地工作才行。

这一次，我必须把事情做好做对。

“你今天还会去医院吗？”看见母亲点头，我继续问道，“你想让我去医院吗？我在想我可以接一些小活赚点儿钱，比如给别人除除草坪？”

母亲笑了，可她的眼睛也没有开心地眯成一条缝儿。

“真的很好，小约翰，”她抿了一口咖啡继续说，“一旦你爸爸出院回家，还有很多地方需要你帮忙。知道吗，你爸爸还得在家休养好几周时间，暂时没法工作。”

“好几周？”我吞了口气。因为房东给我们的期限只是几天而已。

“他伤得很严重，”母亲继续解释说，“不过也不用担心。马丁牧师说我们可以去教会拿些食物。一旦你父亲不需要我在家照顾了，我就可以找些杂活来做。我可以去教堂贴布告。如果你也能在县城里找到活来做，就更有帮助了。总之，我们会渡过难关的。”

听到这些，我只能强忍住内心的起伏，可我真想尖叫或者放声大哭！这一切就是报应，现在终于轮回到我身上——这所有的一切都是我犯的错！如果不是我想要金先生的五百美元，如果不是我让父亲单独工作——我肯定不小心把这句话说出来了，因为母亲此刻在摇晃我的胳膊。

“不是你的错，小约翰！”母亲安抚我说，“不要这样想。”

母亲的手掌温柔地抚摸我的脸颊。我依偎在母亲的怀里，说实话，她已经好久没有抱着我了，久到我已经快忘记被爱的滋味了。

即使，我根本不配拥有这份爱。

她拍拍我的肩膀,然后把咖啡杯放进水槽清洗。她对我说：“今天我要先步行去教会。咱们的货车还停在金先生家，所以马丁牧师载我去取车，以后我就可以自己开车去医院了。真希望我还记得怎么开车。”

她沉默了一下，穿过厨房对我说：“你能自己解决中饭吗？”

“当然！”我立刻回答。

我此时正巴不得母亲赶紧离开，这样我才能好好想个办法解决房租的事。

母亲肯定看出了我的心思。她笑了笑，无奈地说：“看看你，小脸蛋上这么焦虑。其实不用害怕，事情也不会更糟的。你想啊，金先生会帮我们付清医院的账单。当然了，也只有他有能力帮我们。发生这样的事情，有一些总比没有强。”母亲说完又走回来开始自言自语：“我忘了跟芮琳说再见了。”

我从冰箱里拿出一些砂锅菜，一只叉子和冰水，全部放进书包里，然后急切地走出家门。我不想看见母亲从芮琳房间出来时的神情，说不定很恍惚。我只能祈盼她一切都好。

而我则要去外面的世界找找工作了。

……

我已经敲了十四扇门了，根本没有一家需要除草的。有两个好心的阿姨递给我苏打水，其中一个告诉我可以下周来看看。可是等到下周，一切都结束了！

我坐在无患子[1]树荫下，吞掉最后几口苏打水，逐渐沮丧起来。现在面临的一切困境是不是我当初在教会偷了十美元带来的惩罚？

我想也许我应该去教堂祷告。我随即站起来，朝县城里的尖塔走去。

教堂的门开着，教堂秘书应该看见我走了进来。所以在她跟进来查问我做什么之前，只有几分钟的时间供我祷告。我快步地走到台子边，跪了下来。

我没有祷告出声音。实际上，这根本不算是祷告。我的脑海里只蹦出来三个字：为什么？

为什么？我一遍又一遍地想过这个问题。为什么不幸的

---

[1] 无患子树（学名：Sapindus），四川称油患子，海南称苦患树，台湾又名黄目子，亦被称为油罗树、洗手果、肥皂果树。——译者注

一切都发生在我和家人身上。我们都是些好人，我们总是努力去做对的事情。

我知道自己做了很多错事。可是母亲一直在做对的事情啊。还有父亲，也许他犯了些错误，因为他很久没来教堂祷告……久得我都不记得多长时间了。可这也是发生在芮琳去世以后。

“为什么？”

“为什么？”

我的情绪一瞬间迸发出来，在教堂里大声呐喊。

“你需要帮助吗，我的孩子？”

说话的是汉斯夫人——这里的秘书。她此刻站在教堂的一角并没有进来，我想她可能不想离自己的办公室太远，以防错过重要的电话。

“你爸爸怎么样了？”

“好多了，夫人。”我一边回答一边站起来，“我只是……”

“祷告？”汉斯修女微笑地看着悬挂的十字架，然后对我说，“很好。知道吗，上帝会回应祷告者的。”

我使劲憋住不让自己笑出来，我知道在这种场合笑声是不合时宜的。但我还是禁不住反驳：“可是，他没有回答我。”

“你祷告了什么？可以跟我说说吗？”

我想，她可能会认为我说些希望父亲快点儿康复之类的话。但我直率地回答她：“钱，我需要五百美元，就这周。”

“你不会计划去抢银行吧，会吗？”她看似开了个玩笑，随即却露出警惕的眼神。

我觉得金先生对我扑克脸的评价非常正确，因为汉斯夫人转而又笑起来了，她说：“不要真想这个主意啦！”

我耸耸肩算是回应。说实话，如果不是她开的这个玩笑，我压根儿想不出抢银行这样的主意。也许，我并不是一个无药可救的罪人吧。

“我不会那样的，夫人。”

“我希望能帮助你，孩子。可是——”她犹豫起来，“我不清楚你为何需要那么多钱。金先生不是答应支付你爸爸的医疗费吗？他可是县城里唯一能付得起这笔钱的人啊。”

办公室里的电话铃响了，汉斯夫人立刻往回走。我不确定她是否不介意我继续独自留在这里，她刚刚有感觉到我在思考偷钱的事情。

“我一会儿就出去，再给我一分钟吧。”我还是决定让她放心。

汉斯夫人离开了，她的高跟鞋踩踏地板的声音也彻底消失了。

她也认为县城里只有金先生能拿出这么多钱来。我似乎明白了自己要做什么了，虽然这让我无比恶心。就算这样做会违背我的信仰，会再次打破我曾保证的给盖尔的承诺，但是我不得不去做。

我心里暗自戏谑：好吧，上帝。你也想我这样？那就给我个讯息吧。谁能帮我！可是什么都没有发生，没有闪烁的光芒，没有围绕的天使。于是，我打算用以前和芮琳打发时间玩的游戏来给自己一个决定。我拿起《圣经》放在面前，闭上眼睛，我用拇指随即选出一页来。然后睁开眼睛，我大声读出自己看到的字句："我发现，他并没有犯死罪，但是既然他要向皇帝上诉……"当我看见"皇帝"的时候，我不再继续下去。

因为，这就是上帝给我的决定。

我把《圣经》放在座位上，站了起来。

在我走向金先生房子的路上，我有大量的时间来思考，思考我究竟要做什么。

是那个人让盖尔受到惊吓，是他害盖尔不能再唱歌，是他偷了盖尔的歌声！

我想杀了他。

可我不得不求他借钱给我。

幸亏没人看见，一路上我居然吐了两次，把夹肉面包和汽水都吐了出来。我不知道是因为跑得太猛，还是因为想到将要做的恶心事，才导致了呕吐。

可是，这一切都无所谓了。

第二十二章

没人回答我，过了好一会儿，我才适应屋里昏暗的光线。我看见母亲坐在沙发上，独自哭泣。她的手里握着一张黄纸，非常皱但又被人抚平过。尽管光线很差，我还是能认清楚纸上面的字——逐客令。

我到达金先生家的时候，他并不在。父亲的货车也不在那里，这说明母亲已经来过并把车开回家了，希望她回去的路上并没看见一路奔跑来的我。金先生的房子边有个男人，他穿着牛仔裤、长衬衫，正站在栅栏边摇头晃脑。

“打扰了，先生，金先生在家吗？”

“不，孩子，他不在家。”男人非常肯定。

我不认识这个男人，却知道他的名字。因为我看见他的货车停在路边，上面贴着一张非常时髦的广告牌：丹尼尔·德文郡的钻石地图。这些并不要紧，只是他货车箱上放着的电锯和修枝剪让我非常担心。

他问我说：“需要我帮你留言吗？”

我礼貌地谢绝：“不用了，我可以等。”

“他明天才回来。”男人笑笑，回复我，语气比较温和，但他接下来的话让我差点儿窒息，“我可以给他捎口信。因为我会待在这里，把那个笨蛋上周没干完的活做完。”他说完后径直走到悬铃木边查看已被砍断的树枝。我听见他在那里小声嘀咕：“真没水准。”

他是在评判父亲的工作吗？

“真不知道金先生怎么想的。他肯定是怜悯那个可怜人吧。

这儿乱七八糟的一切可得我好好收拾一番。”

我脑袋顿时炸开了：“你什么意思？”

那个男人回过头看我，眼里已然没有耐心了：“小子，我没时间跟你说了。如果全都是这个样子的话，我就有四十多英亩的烂摊子需要收拾。前一个家伙把这些树弄得一团糟。你还是明天再来吧。”

他说完就走去自己的车边，拿起手机开始打电话。

我本来想离开，但我突然想起自己来这儿的目的。于是，虽然羞愧难当，我还是跟在他身后喊道：“你需要帮手吗？我会运树。你看！我长得很结实，价格也便宜 。”

男人大笑起来，然后对我挥挥手，就像打发一条流浪狗。

我看着悬铃木，发现父亲留下的切口不同于他砍掉的其他树木。很明显，这个大树枝是自己断了砸在父亲身上的——应该是父亲还没完全砍断树的时候下梯子拿东西，结果树枝自己断了，砸在父亲身上。

而这个有漂亮手机和时尚货车的男人仅凭一根树枝就否定父亲全部的工作，实在太可恶了。

金先生不在家。县城里也没有其他人能给我这么多钱，除了……

我知道还有一个家庭有足够的经济实力来交房租。而且就是这个人拿走了这笔交房租的钱。我想卡特琳夫人是不会再把钱还给我的。五百美元可不是小数目，所有人都想要，就算那些人已经有电视看，有空调用。再说了，杰迪他恨我，他巴不得我和家人露宿街头。再找他要也是白费力气。

我只能回家。照现在这个速度，母亲肯定会从医院比我先到家的。不管怎样，我打算回家了。经过卡特琳夫人家的时候，我努力不去看它。

一直到六点钟，我才走到家。父亲的货车已经停在路边了，我算算时间推测母亲应该刚刚到家。我边向房子走去边呼唤母亲，她此刻应该在准备晚饭吧，她肯定会带回关于父亲的好消息。

我打开房门，问母亲："爸爸怎么样？"

没人回答我，过了好一会儿，我才适应屋里昏暗的光线。我看见母亲坐在沙发上，独自哭泣。她的手里握着一张黄纸，非常皱但又被人抚平过。尽管光线很差，我还是能认清楚纸上面的字——逐客令。

我叫了声："妈妈？"

我能感觉自己心跳猛烈，全身的血液不断涌上脖子和脑袋，我的嘴巴干燥得口水都难以下咽。

我再次试探：“妈妈？”

“你到底拿钱干什么去了？”

回答我的，并不是坐在沙发上的母亲。

第二十三章

我不知道。似乎每一次我抬头看的时候，就会有我喜欢的人从树上落下来。我什么时候才能长到足够大、足够强壮去拯救他们呢？前些天，父亲还特别为我自豪，因为那时他说我像个男人。那么一个男人应该有什么样的表现呢？

“爸爸？”

父亲躺在沙发上，头和胳膊下面垫着枕头。家里的咖啡桌也被移到沙发边用来支撑他的胳膊，紧挨着的是一些处方药，仿实木纹路的桌子上面放着苏打，还有一杯水，杯壁结成的冰凝水珠落到了桌面上。

“爸爸，你怎么样？”我走上前关心地问父亲，“我还以为你——”

“小子，你把钱放哪儿了？”父亲对我吼叫。很显然，不管他的胳膊受伤多么严重都没能影响他的大嗓门。听见这熟悉的呵斥声，我不禁吓了一跳。

我真不知道该如何回答。我要怎么解释自己的行为呢？倘若告诉他们，他们会理解我吗？事实上，当我把钱拿走的时候，我根本没有意识到这些钱对我们是多么重要。我没想过原来我家早已山穷水尽，一点儿余钱都没有了。我也不知道父亲再也不能去金先生那儿领薪水了。

我们也不可能有办法让卡特琳夫人把钱还回来，再说我也不能让盖尔卷进来……

所以，此时此刻根本就不会有人理解我，不会有人站在我这一边。

我只能责备自己。

“我丢了。”即使我的声音蚊子般轻，这三个字还是像炸弹般打破了满屋子的静默。

我听见母亲的哭泣声再次响起。她伸出手，打算把手指上的银戒指取下来——这只银戒指是以前的金戒指的替代品。母亲为了芮琳的葬礼，早已卖掉那只金的。

“我们该怎么生活下去？”母亲的嗓音高亢又诡异，“我们又住哪儿去？”

“丢了？”父亲重复着我的解释，声音响亮，“丢哪儿了？是店里吗？你是不是去商店买玩具了？”

“没有。”我有些不满，“我没给自己买东西，我一分钱都没花！我——我就是丢了。”

父亲能看出来我在撒谎。他试图从沙发上坐起来，并叫着我的名字。我看见他眼里的微光，瞬间明白他要起来揍我。可他应该忘了自己的胳膊还有伤。所以他才移动两下就停了下来，枕头掉到地上。父亲开始吼叫：“玛丽！”

母亲慌忙跑过来捡枕头。我看见父亲脸色血红，像在忍受剧痛。我马上跪下去想拿起枕头帮他垫上，但他一把把我推开了。

“滚开！”父亲一字一顿，清清楚楚，“你给我滚！”

我坚持把枕头放回去，但他只是催促我：“马上滚蛋！”我只好把枕头丢在母亲脚边，扭头奔了出去。

“没有钱……别……回来！”父亲的声音一直尾随我到门外。我并没有走得太远，只是来到走廊上。我的双腿已不听使唤，膝盖一软，我一屁股坐在木头上，双腿就像芮琳的洋娃娃一样没有力气了。

芮琳、盖尔，我的父亲母亲……我让所有的人都失望了。我把拳头塞进嘴里，希望不要哭出声音来。

很久很久，我独自坐在那里，想着怎么补救过失，想着怎样才能交出那笔钱。

金先生明天就回来了。如果说有谁欠了我们的房租钱的话，那就是他。

夜里越来越冷，我在门廊上来回走动，尽量不发出响声。也许我可以偷偷溜回卧室，但母亲的哭声和父亲的命令让我没勇气进屋面对。今晚的月亮比夜灯还明亮。几个小时后，我还是放弃了进屋的想法，往后院走去。脚下的青草非常柔软。我靠在那棵害死芮琳的橡树桩上。我记得那天，就是芮琳葬礼后的那天，父亲砍断了后院里所有的树。我当时也一直看着，想要帮忙父亲一起砍树，我恨它们。

可父亲为什么要留下这棵橡树桩？为了纪念芮琳吗？我知道他本打算烧掉它的。我的手指轻轻触摸树桩的顶部，留在上面的电锯切口慢慢温热起来，变得更加柔软。切口已经差不多光滑了，只是还留着褶子印，像一个旧伤疤。我按着自己的胸口，幻想有一天芮琳留在我心口的伤痛会不会也像这个一样，变得更加柔软，而不至于像现在如此伤人。

我真的不知道。似乎每一次我抬头看的时候，就会有我喜欢的人从树上落下来。我什么时候才能长到足够大、足够强壮去拯救他们呢？

前些天，父亲还特别为我自豪，因为那时他说我像个男人。

那么一个男人应该有什么样的表现呢？我还记得父亲对金先生的毕恭毕敬。

我是不是也得像他那样做？

又或者，做一个不像那样的男人？

太阳从地平线上升起，照亮了整个天空。我醒了，全身肌肉又酸又紧，不过活动活动就好了。去金先生家的路上，我喝了几口水龙头的水，还吃了几个教堂对街摘下的梨，所以我的胃也没有那么疼了。

我终于又来到金先生家。看见门铃的一刹那，我的胃又开始翻江倒海，像一条躺在河岸上的鱼，垂死挣扎着想要回到水里，想要逃离那片满是沙砾和尘土的大地。

我几乎要转头跑掉，但母亲的声音又在耳边回响："我们以后要怎么生活？"

我还是按响了门铃。

第二十四章

『就是你夺走了她的声音！』我的声音像是碎玻璃碴子一样尖锐，『你上次对她做的一切就已经毁了她。你做得还不够吗？离她远一点儿！』

我并没奢望能有人立即回应，但门铃声还未结束，门就开了。金先生站在门口，他穿着紫色的浴袍，口袋处还有一个皇冠样式的刺绣。

“哦，是你！”他侧着身子让我进门，可是眼睛却掠过我，似乎在张望还有没有其他人。难道他以为父亲会在后面？

“进来吧，”他又重复了一句，“你怎么听说的？”

我不清楚他指的是什么，却缓慢地说出自己的来意，虽然我恨死自己这样的行为，可是想着家里此时的困境，我还是忍气吞声地说出来：“我来这里是想谈谈工作的事情。我想在这儿干活，因为我需要钱。”

他犹豫了，但还是问我：“工作？什么样的工作？”

“园林。”我想探探他的口风。

他满眼通红，像是哭了很久。

金先生挥挥手招呼我来到前厅，我顿时闻到一股奇怪的气味，像是燃烧的塑料袋或者电线味。

“金先生，你家电器失火了吗？”

“对，就是昨天晚上，所以我还以为——以为你来这里是因为这个。”

“可为什么失火了我就要来？”

“我给你家打电话，也试着给你父亲留言，但是他很暴躁，”金先生停顿了一下，然后继续说，“我想肯定是他受伤了的缘故。”

我的大脑运转飞快。金先生给我家打电话？他想说什么？我接着问他。

“你过来看看。”他带我往里走。

我一路尾随他，一步步走向那个录音棚，一股浓烈的混杂着电线和潮木头的煳味儿扑鼻而来，每靠近一步，就更加浓烈。他打开门，我不禁大口喘气。

录音棚内整个墙面都是烧焦的痕迹，放机器的桌子上有两个黑色盒子几乎都被烧化了。

“发生什么事了呢？”

“虽然不确定，但我也有怀疑对象。我昨天不在家，但叫了一个伐木工……来完成你父亲没做完的工作。”我环顾四周，在想那个男人有没有把他对父亲的看法告诉金先生。他说过父亲把工作做得一团糟。

“你怀疑是他点的火？”

“也许不是故意的。”他说，“只要树枝不小心打到电线，整个房子的电源就会被启动。本来这些电线就有问题。”

“我不敢相信它也没有了，”金先生继续说，“我才拥有几天而已。现在，只能重新录一遍了。”他不停地抚摸那些录音装置，似乎这样就能让他的那些宝贝起死回生一样。

“关于这场火灾，我真的很抱歉。但我来这儿是为了工作。我真的需要钱。”我几乎是在哀求，“如果赚不到五百美元，我们全家就要被房东赶出来了。”

“什么？”金先生像突然从睡梦中清醒。

“钱，我想挣一些钱。”

他听清楚是钱的时候，高兴得笑了。“钱？没问题，只要你把她带来再唱两遍，我会再给你五百，甚至更多。”他的眼

睛一下子被点亮，“不，唱两首歌，我给你一千美元。我要用新电脑来录制。这一次我要把它们全部另存起来……”他自顾自地越说越快，像一个上满发条的玩具。

让她唱歌？

等等，他说的是盖尔！我后退几步想要离开，却被他迎上来，抓住我的手臂。他以为我会再把盖尔带来替他完成心愿——而根本不考虑这样会对盖尔造成什么影响吗？他以为这个世界上只要有钱就能驱使我考虑这件事吗？

我真想狠狠地揍他的脸。我想看着他瘫倒在地，血流满面。可我不能！我来这儿是有目的的，我想在这儿工作。

有一瞬间，我想起来父亲每次谈论这个男人的名字时眼里流露出的憎恶感。他每天是多么辛苦地忍着自己的难受来这里干活啊。因为只有在这儿卖命干活，我和妈妈才不会挨饿，才不会流落街头。

杰克·丹尼尔？也只有那些酒才能麻醉父亲的痛苦，让他不至于太过清醒而逃离这份工作。

我真希望自己立刻也能喝得烂醉。

胃又开始翻涌起来，我很担心自己会呕吐到金先生的拖鞋上。

“等等！”我脱口而出，“我到这儿不是为了盖尔的。”我说到这里就适可而止了，忍住了真正想说的话：我再也不会把盖尔带进这间房子。我把话题转回去：“我来这儿是想找一份园林工作。”

金先生变了脸色。“我有园丁，”他咬牙切齿，“我没有的，是你那朋友的嗓音。我必须要那个声音。”

“太可惜了。”我希望自己的嗓音没有表露出内心的真实想法：他根本就不配拥有。

他再次重复：“我说了会付钱给你，只要你把她带来唱歌，我就给你一千美元。”

“不，绝不！”我后退几步，转过身，向前门廊走去。就在我下第一级台阶时，我回过头去看，希望他没追上来。但很不幸，他就在我身后，于是我坚定地重复自己的决定：“再也不会！”

他还是紧跟着我下了台阶，焦急得眼珠都快要掉下来了：“你不明白。她的声音是唯一让我感到……快乐……宁静……的东西。”

“不！”我大声拒绝。我还记得那天盖尔离开时手上握着半截快融化的糖果，我记得她脸上绝望的表情，我记得她脑袋上那些光秃秃的头皮，还有她眼睛里的痛苦。

金先生的眼里也有痛苦，但他的痛苦我不想理会。“不，先生。你伤害了她，即使给我所有的家产，我都不会把盖尔带到你身边。”

“她来过我身边，蠢货。”他咆哮起来，“卡特琳夫人今早就带她来过，只不过他们没办法让她唱歌，而我需要的是她的声音。”

“就是你夺走了她的声音！”我的声音像是碎玻璃碴子一样尖锐，“你上次对她做的一切就已经毁了她。你做得还不够吗？离她远一点儿！”

“但是——你必须做！”金先生哭了，他紧紧抓住想跑走的我。“你根本不懂！”他扯着嗓子尖叫，“我——我保证——这次我什么都不会做，我只想再次听听她的歌声，那么纯净、甜美的……”

他说的话就像一股毒气蔓延在我们之间。我想在呼吸到氧气以前赶紧走开，不然我会控制不住自己想用双拳杀死他。我拼命地往前挣脱，终于感觉他的手指脱离了我的身体。跑到一半的时候，我停下脚步，忍不住回头张望。我看见他跪在台阶上，看上去有些不对劲：他蜷缩双肩，拼命捶胸。我能听见他微弱地呼喊着让我回去。

他跪在那儿，看上去真的不好，就像受伤后的盖尔还有我的父亲。

跑到马路上的时候，我才放慢了脚步。那条整个夏天都四处乱晃的黑狗正在路边的沟里朝我这里跑来。它根本没有看我，而是加快步伐朝我身后的金先生家跑去，像是赶紧奔赴已经迟到的约会，像是和金先生的约会。

我邪恶地希望它去撕咬金先生的脸，撕碎他的黑心，然后在他的面前吃掉。

然后，我一路狂奔回家。

我的脚步停止在家门前的走廊上。一股熏肉卷的味道让我的胃咕咕作响。

也不知道为什么，我觉得眼前的这个房子再也不像家了。这真的是我的家吗？父亲说过，没有钱我就不能回去。

他是认真的吗？

“儿子？”

我听见屋内有声音传出来。

“快进来！”

我没有挪动步子，站在那等着。我在思考父亲叫我的原因：训斥我？再次惩罚我？我不知道自己还能不能承受惩罚。我用手掌捂住胸口，感觉到心脏跳得厉害。

接着，父亲又说了一句：“快进来吧，吃早饭！”

我突然明白了，不管怎样，一切都好起来了。

不管怎样。

第二十五章

我还想坐在她的腿上，蜷缩成婴儿的模样。我想告诉她为什么不能砍掉盖尔的悬铃木。我想告诉她我做过的一切，还有金先生做过的一切。我想告诉她盖尔受到的伤害。我想牵着母亲的手，带她去看看那棵树，让她听听盖尔的歌声。

“我们接到了电话。”母亲说。而这时候，我刚吃完第二盘培根，第四个肉桂卷。我能看出这些食物都是欧内斯特和伊莎贝拉的妈妈做的，因为里面有他们的妈妈的独特秘方。我早上出去那会儿，他们肯定来过我家。

我起身打开冰箱找些喝的，发现冰箱里居然装满了饮料。母亲肯定不会买这么多好牌子的饮料的。于是吞完最后一个肉桂卷，我洗干净手问母亲：“谁的电话？”

父亲的声音从另一个房间传来。“一个客户，”父亲咳嗽了几下，“给我们找了一份工作。”

母亲看上去有些担心，她把手放在我的胳膊上说：“主要是给你的工作。你爸爸现在还不能举东西，他现在估计没法工作。”

我懂。只要我能把活干好，他们就不会再提那笔丢掉的钱了。我内心高兴极了，充满了感激之情。无论如何，我得到了一个机会。

“我……我一定会尽全力的，爸爸！”

父亲继续说：“我会告诉你怎么做，我会教你。你长大了，有力气了，可以替你的老爸工作一段时间了。你真的长大了。”

“是什么工作？”我问父亲，嘴巴里全是肉桂的味道。周围的邻居和教会显然很照顾我们了，他们给了食物，还载母亲去医院。估计是母亲把我们没钱交房租的事告诉了朋友。所以有些组织暗地为我和父亲这样困境的人想出了这个办法。所以我觉得工资肯定是五百美元，正好是我们需要的数目，不多不少。我的猜测肯定是对的。

“砍掉一棵树。”父亲说，“就一棵，给你五百五十美元。”

“这么多钱！”

我十分震惊：只用砍一棵树就给这么多钱！我收拾好碗筷，走进卧室去看看父亲。

母亲坐在父亲旁边，帮他解开绷带。我忍着不去查看父亲胳膊上那些褶皱，可还是在母亲拆下绷带时看见了上面的血迹。

“不过，我也告诉他们会给院子的草坪松土，还有其他的一些小树需要处理，总之，接下来的几周都需要工作。”

我蹲下身来，一边系鞋带，一边问父亲：“你觉得我能独自完成吗，我一个人砍树？”

我之前只用电锯锯过很小的树苗和雪松。遇到稍微大些的雪松，锯子就会被我卡在树上，最后不得不寻求父亲的帮助。我偷偷看父亲，他应该也想到了这些情况。但他这次没说什么，也没像以往那样来帮助我。

他只是咕哝了一下："你能。"

我还是有些胆怯，但我知道这是我必须要做的事情，因为只有承担这份工作我们才能继续立足，才能让母亲不再担心接下来怎么生活；才能再次让父亲为我骄傲。

于是我问："什么时候开始？"

"明天。我已经打电话给房东了，他会宽限我们在这里多住段时间凑齐房租。"

"在哪儿呢？"

因为我们的对答如此自然，我对于父亲接下来的回答并没什么好奇。可终究是我太愚蠢，是我把一切都想得太简单。

"卡特琳夫人家。"父亲回答，"我们要把那棵悬铃木连根拔起，这样卡特琳夫人就可以修花园了。"

我顿时一句话也说不出来。我静静看着母亲解开父亲胳膊的绷带，又换上新的；听她哄着父亲将胳膊放到枕头上，清理父亲喝水时漏下的水渍。我扭过头，不想让他们看见我此刻的表情。

"妈妈，"过了一会，我站起身说，"我出去转转。"

"好，早点儿回家。一会儿还要把你爸爸扶到床上去，我需要你帮忙。”

我看着母亲的头顶，一如往常的完美，可是从上面冒出来的头发早已不是记忆中的浅棕色，而是灰棕色。是最近几周发生的变化吗，还是我一直都没有注意过？母亲已经随着日子一天天变老。

我想象着自己的头发会什么时候变灰，那时候的自己会非常痛苦吧。

我还想坐在她的腿上，蜷缩成婴儿的模样。我想告诉她为什么不能砍掉盖尔的悬铃木。我想告诉她我做过的一切，还有金先生做过的一切。我想告诉她盖尔受到的伤害。我想牵着母亲的手，带她去看看那棵树，让她听听盖尔的歌声。

但是我什么也没说。我记得这几周自己的想法：只要能让母亲更幸福，连玻璃碴子我也愿意吃。

我现在也是这样想的。关键是，吃玻璃碴子只会伤害我自己，可是砍掉那棵树呢？

那样会要了盖尔的命。

我必须告诉盖尔。

“我晚饭时回来。”我亲吻了母亲的头顶银发最多的部分，“我保证！”

第二十六章

他的声音粗鲁低沉："我把自己的全部都给了他，玛丽。教他如何努力工作，如何克服困难，我把自己知道的一切经验全部给了他啊。"他的声音变得有些酸楚，苦笑着说："我相信等我死的时候，地狱也不会把幸运传递给他。看看这个地方，玛丽，我甚至没有能力给你买一套属于我们自己的房子。"父亲的声音嘶哑了，但他很快清了清喉咙。

我来到卡特琳夫人家的时候，杰迪正在院子里。他看见我时，赶紧跑去房子边捡起一根大木棍。他很聪明，但我摊开双手对他说：“我不是来找麻烦的，我只是过来看看这棵树。”

“你和你爸爸要砍掉的树？”他说，“真好笑，两周前给你爸爸七百美元他还不乐意，现在给五百五他就接受了。”他吐了口痰在草地上，这不禁让我想起他的母亲。“我猜肯定发生什么事了吧？”

“对！”我的脑海逐一显现这几周以来发生的事情以及变化，“确实是。”

“哦，那你去吧。”杰迪顺手把棍子扔在脚边，似乎对我不想和他干一架有些失望。我也不知道该怎么向他诉说自己的困境，我真的一点儿打架的力气都没有了。我感觉自己早已被打败，一次又一次地被打败。而打败我的就是一根棍子，只是这根棍子就像是整个世界那样大。

后院里一只鸟也没有。没有白头翁，没有乌鸦，甚至连金先生喂养的蜂鸟也不在。

除了，一个小小的南丁格尔。从我这儿看过去，她的头发已经全部剪掉了，也许是剃光了。

她坐在悬铃木的顶端，仰望着天空。她在看什么呢？天上也没有云朵。我脚踩着地上的枯树叶，想发出响声提醒她我来了，因为我不想突然惊到她。

她仍旧一动不动。连我对她的呼唤也置若罔闻。

“嗨，盖尔。你还好吗？”

很小的声音——是笑声吗？——划破了静止的炎热空气：“不好。”

“下来吗？”我问她，一时不知该从何说起。但我不想她待在那么高的地方——待在那节大树枝上，听我告诉她砍树的消息，“求你了！”

我看着她慢慢放开双腿，开始沿着树干往下爬。她的每一步都很迟疑，仿佛她不再信任这棵树了。她每次抓住一根树枝，都会再三确认。甚至在快到地面的时候，她还停了下来，感觉十分害怕犹豫。

我从未见她在树上的时候这样害怕过。

终于，她在靠近我的地方着陆。她的膝盖有些弯曲。堆积在脚边如云朵般的落叶让她咳嗽起来。我弯下腰来靠近她。

“我很难过你的小窝没了。真希望我当时能在这里保护它。”

她没有说话，只点点头。我俯身看看她的头顶，头皮看上去就像是一只刚出生的小鸟的头皮。我甚至能看见她头顶发根间的血管，还有那些伤痕，不管是用手挠还是用剃刀刮伤的那些伤痕。

“哦，盖尔，”我伸出手轻轻抚摸她的头，感受着仅剩的柔软的头发，“发生什么事了？”

“树！”盖尔突然哭了，她开始用力推打我。她的胳膊缠绕我的双腿，然后把我撞翻在脏兮兮的地上。我的舌尖立即尝到枯叶的滋味，非常苦涩，呼吸到的灰尘也让我咳嗽不止。

她似乎没了力气，不再说话，任由我抱着她。

“嘘！”我轻声安抚她。

可她的整个身子仍旧摇晃得厉害。她是不是正在痉挛？我怎么会给她带来这么多痛苦？

可我不得不告诉她，不得不提前提醒她要砍掉树的消息。否则她突然知道的话，情况会更糟糕。

一阵沉默后，我打算开口：“我不得不告诉你一件事情，一件不太好的事情。”

她还是不说话。但她扬起瘦小的肩膀调整了下姿态，似乎准备好面对接下来的一切。

“我不期望你能理解，”我努力寻找恰当的词语来和盖尔谈话，“我也不期望你能原谅我。如果你恨我，盖尔，我一点儿也不会怪你的。”

她停止了颤抖，平神静气，仿佛在等待最后的宣判。

“我本应该把那五百美元交给房东，可我没有。现在，钱都在卡特琳夫人那里。我爸爸受伤了，妈妈——”我哽咽着，眼泪奔涌出来。“不管怎样，”我哽咽着说下去，“我要弥补他们。只有这样我们才可以继续住在房子里。所以盖尔，我不得不接受这份工作。父亲也已经告诉他们我会做，我不得不砍掉你的树。”

盖尔长长地叹息了一声，像咏叹调一样的叹息。接着，她清风般柔和的声音吐出三个字：“我知道。”

她的双臂紧紧抱住我的双腿。我感觉到脚踝处她蜷缩的地方有眼泪的温热。

“我知道，小约翰。”

祈求她的原谅该是个很好的方式，但我只是坐在那里，紧紧搂着盖尔。双手抚摸着她的脑袋，我希望能把自己的感受讲给她听，我想要忏悔自己的过往，我想告诉她我很内疚带她去见金先生，我很自责让杰迪趁机毁掉她的小窝，我一点儿也不想砍掉这棵树。我憎恨自己当她掉下来的时候却不在她身边。这一切的一切，我都难过极了。

可我什么也没说。

晚上，父亲换台看新闻的时候我坐到他身边。

“我真希望我们能不砍那棵树。”在一档节目插播广告的时候我对父亲说，“盖尔经常坐在那棵树上。”

“我们没有选择，孩子。我们需要钱。”父亲有些无奈。

“可我答应过她，”我的声音柔软起来，“我向她保证过不会让你砍那棵树。”

父亲笑了：“好吧。这很好解决，我不砍你来砍吧。”

“我们就不能做些别的吗？”我知道这最后一次尝试也希望渺茫。

父亲用左臂敲敲我的脑袋说：“除了这个，我们没有别的选择。你带我们陷入困境，也只有你能带我们走出困境。”

“这都是我的错！”我说。很奇怪，这句话我反复想过多次，从未觉得它们和别的话语有什么不同。此时真正说出来却非常异样，它们听起来苍白，而且虚伪。

“你说对了。”父亲回复我，眼睛并没有离开电视屏幕。

“全部？”我问。

他没有确切回答，只是小声嘀咕了一下，算是个肯定的答复。

我站起来，非常生气，但又不想和他一样把表情全写在脸上："真的吗？"

他还是没有理我。跟我相比，他此刻觉得电视更有趣。

我接下来的话应该是他听过的最为深刻和沉重的，我说："真的？可有趣的是，我并不记得自己上周把房租钱拿去买酒了。我也不记得我花光了金先生付的酬劳去买波旁威士忌！"

我看见父亲伸出的拳头，后退了一步。

"你闭嘴！"他说，"是你把房租钱弄丢了——"

我打断他："不，爸爸！'我弄丢的'不是房租钱，那不是我'弄丢的'房租钱，那是封嘴钱！金先生给我钱就能单独留下盖尔，就能让盖尔单独为他唱歌。那些钱，根本不该拿！你知道吗？盖尔现在不能唱歌了。她告诉我金先生偷走了她的歌声。你当时就应该把那些钱全部扔在他脸上。可是你——你却像条狗，把它们都捡了起来。"

父亲的脸涨得发紫，一瞬间我甚至怀疑他得了心脏病，因为他暂时没有说话。但接着我再次听见他嘴巴间的呼吸声："孩子才会说这样的话。现在你要学着了解更残酷的真相，孩子。成为一个男人，不是做你喜欢做的事情，也不管你的房租钱从哪里来，重要的是，你看见了机会就要抓住它，因为只有这样，你才能供养家庭。”

我说了一句憋在心里很久的话——他从来没有听过的话，因为我真的不想继续听他的借口：“我不会那样做，我不会砍掉那棵树的，因为那棵树是盖尔唯一拥有的东西。”

父亲深呼一口气，想从沙发上起来。因为身体的疼痛，他只能慢慢挪动，然而他还是没有成功，又跌回垫子上。

母亲的声音从卧室传来：“外面怎么啦？约翰，你还好吗？”

他看着我，最终总结了一句：“或许我的确花了我们需要的钱。或许你也如此，可是现在我们拥有唯一一个机会来保住我们的家，你却要放弃！为什么？就为了一棵树？一个女孩？那个女孩比你母亲还重要吗？”

母亲这时走了进来，皱着眉头看着我们。她的手指上缠着发带，眼神也蒙眬。她问我们：“你们看见芮琳了吗？我要给她梳辫子。”

“没有。”我和父亲异口同声地回答。

接着，我跑到母亲跟前，告诉她我出去帮她找芮琳。母亲吻了我，冰凉的嘴唇贴在我滚烫的脸颊上。

我不得不出去，不得不逃离这里。但是我无处可去。我只好坐在走廊上听着蝉鸣，看那些鸟窝紧紧依偎着大树，远处的小鸟在自己的巢穴安眠，听着静谧的夜里远处传来的各种声音。

我还听见了母亲在和父亲谈论我。

“你对小约翰太苛刻了。”母亲说。

“我不得不这样。”父亲抱怨道。

真可笑，他当然会这么说，这么想。上帝也不会同意我被他温柔对待，不然照他的意思，我就会变成一个小女孩，或者变成和盖尔这种柔弱姑娘交朋友的小男孩。

“为什么？”母亲的这个问题也是我在思考的，于是我竖起耳朵认真听下去。

他的声音粗鲁低沉：“我把自己的全部都给了他，玛丽。教他如何努力工作，如何克服困难，我把自己知道的一切经验全都给了他啊。”他的声音变得有些酸楚，苦笑着说：“我相信等我死的时候，地狱也不会把幸运传递给他。看看这个地方，玛丽，我甚至没有能力给你买一套属于我们自己的房子。”父亲的声音嘶哑了，但他很快清了清喉咙。

“没关系的，”是母亲在说话，“我们会渡过难关。”

“一起渡过难关，这就是我们现在在做的。不，玛丽，我是指我要教他成为一个男人。我更希望他能做得比我好。”我听见床垫移动的声音。“现在我去睡觉去了，”是父亲的声音，“明天可是漫长的一天啊。”

第二十七章

我看着母亲走过草坪，走向卡特琳夫人的房子，卡特琳夫人站在那里数着一叠皱巴巴的钞票。我有一种感觉，如果我凑近看那些钞票，它们每一张都还留着悬铃木叶绿素的痕迹，那一叠钱里说不定还有我给盖尔的糖纸！

第二天早上，母亲开车带我和父亲来到卡特琳夫人家时，盖尔并不在场。也许她在，在我看不见的地方。我希望她不是在房间里，因为屋里的电视非常吵闹。

也许她根本就听不见电锯的声响。

卡特琳夫人站在卡车门旁，她隔着敞开的玻璃窗和父亲讨价还价该给我这个做男人工作的小男孩的薪水问题。“我会监督他的工作，”我听见父亲的回答，“他已经和我一样，是个男人了。”我看见杰迪从客厅的窗户看过来。他朝我做了个鬼脸，然后关上窗帘。

母亲正好把车开到他们家的后院。我能感觉到车轮在潮湿的泥土里打滑，希望它不要陷进去，不然没有父亲的帮助，我可没办法把它弄出来。车子竟然顺利走过潮湿地带。母亲把车停在了离悬铃木很远的地方。父亲从副驾上朝车外挪动，像个百岁老头一样缓慢，我从车厢拿出了电锯。

“现在还记得早餐时我们说过的话吗？”父亲在问我是否检查了电锯的开关。开关很油很黑，我确认了链罩来回滑动都没有障碍，然后走到了树根处。

“是的，先生。”我严肃地回答父亲，“我从这里开始锯。”我用锯片在树干上画个记号，一个比较适合我的操作高度。

从这里锯断可以留下大小合适的树桩，第二天再砍树桩然后就能全部烧掉了。“这个角度，对吗？”

父亲看了看我握锯的手势，点点头 。“从这里开始锯吧。”父亲说着，朝树的方向靠近，晃动的胳膊让他看起来非常疼痛。

“我知道了。你坐下吧！”

不知为什么，我很希望这个过程能快点儿结束。我更希望出点儿什么事，那就不用锯了。比如说下场雨，或者父亲突然对我大吼，不让我继续锯了，我们还有其他的办法解决钱的问题。

但是一个意外也没发生。

当电锯碰到树的时候，我被震得猛然往后退。这棵树非常粗壮，比我伐过的任何树都要强壮，而且，更加真实。

当我锯出第一个痕迹的时候，电锯发出刺耳的尖叫声。锯第二次时，我觉得自己还听见了其他的声音，像是从房子里传来的尖叫声。

我安慰自己这是电视机的声音。

“很好，要保证等会儿切断的时候，你往后退。”父亲在我的身后喊叫。

我点点头，用袖子擦了擦眼泪，希望母亲和父亲以为我是在擦汗。

最后一锯，我有些害怕了。如果用力不到位，树就会倒向错误的一边，就有可能砸到车、栅栏，那所有的工作就都白费了。

我没理由砍掉盖尔的树！

想着这个，我咽了口气，再次把链锯插进树里。树在电锯的摩擦下发出尖锐的声音。在我即将完成的时刻，树开始倾倒，我小心而缓慢地后退，保证链锯不在那个方向，这是父亲教我的。悬铃木从天空中开始倾斜，然后迅速地朝地面下坠。伴随着树叶的“沙沙”声，那些绿色的果子像超大颗的雨滴砸落在我的头上。

当大树碰触到地面时，我又往后退了一步。

“棒极了！”父亲的声音有些疲惫，“把它们锯成两英尺的长度，或者更小。卡特琳夫人想把它们堆在南院，以后天冷了当木柴取暖。”他咳嗽了下，继续说：“不过这个我们也可以明天做。”

我拒绝了。我不想让树这样倒在院子里就一走了之。盖尔肯定会出来，一整夜看她的树。

“你回家吧，我自己来干。”

我以为父亲会和我争吵，但是母亲已经扶着他没受伤的胳膊走进驾驶座了。

“我一个小时以后就回来，”母亲说，“你小心点儿。”

“我会的。”

我看着母亲走过草坪，走向卡特琳夫人的房子，卡特琳夫人站在那里数着一叠皱巴巴的钞票。我有一种感觉，如果我凑近看那些钞票，它们每一张都还留着悬铃木叶绿素的痕迹，那一叠钱里说不定还有我给盖尔的糖纸！

我低下头擦擦脸，然后继续工作。

那个午后，没有鸟儿，没有歌声，也没有盖尔。

第二十八章

他也笑了！我们这几个月没有说话的尴尬很快就消失了，那些沉默的日子似乎一下凝结成友谊的一部分，就像钻石的一面，就像是珍宝。

接下来的几天，我几乎一直在睡觉。

早上十点，母亲进卧室叫我，她摸摸我的额头，然后嘱咐我不要起床。她觉得我可能因为晒伤而生病了。我也觉得不舒服，脸颊滚烫。

我一定是病了。心里生病。我的胃很难受，像吃了块砖头，我的胸口被压着，喘不过气来。

我的脸在燃烧，上厕所时，我对着镜子检查自己的脸，跟我感觉的一样：脸红得像魔鬼，上面还有水泡，非常刺痛。

我心神不宁：这是不是耻辱的十字架，我的脸会不会这辈子都要这样红下去？

欧内斯特来了。我听见妈妈告诉他我病得厉害，没法出门。接着，我又听见他离开的脚步声。

他的生日早就过完了，可我甚至连通电话都没打去祝贺。也许……我可以现在打。不知道他会不会原谅我这几个月的冷淡，不管怎样，我应该试一试。拿起电话，我拨通了对我来说比自己家里号码还要更熟悉的一串数字。

一声，两声。

“你好？”他的声音变得成熟了一些，低沉了一些。

“嘿。欧恩，我听说你来过。”我努力思考着接下来要说的话。

欧内斯特有点儿犹豫：“是，嗯，嘿，关于你父亲还有其他的一切，我都很难过。”

“谢谢！”

“他现在怎样了？”

“我想，快好了。”这些对话听起来很奇怪。就像是两个成年人在咖啡间遇到时的对话。

“我在商店碰见伊莎贝拉，她说你邀请我参加你的生日聚会。很抱歉，我没有去。”

“是，”他的声音安静下来，“她告诉我你不知道关于我邀请你的事情。”

“我确实不知道。”沉默开始悄悄降临，但是对话仍在继续。现在，欧内斯特应该知道了我家里的遭遇——比芮琳的死还要糟糕的经历：母亲的间歇性神情恍惚，父亲的意外受伤，还有我——这个家里唯一的顶梁柱也在被迫砍树。

“等等，”欧内斯特又开始说话，“你还需要什么东西吗？比如我妈妈做的砂锅菜？”

我们异口同声地笑了。谁都知道他的母亲几乎每天都会带菜过来。这简直成了她的条件反射——有人生病和受伤，她就会带去砂锅菜，还会把水果丁和蔬菜混在里面。

“不用了，谢谢！记得告诉她芹菜和橘子混着吃还好。只是不要再放火腿了，行吗？不然就太难吃啦！”我们俩又笑了。

“你妈妈说你病了，要不我把‘任天堂’[1]带过来？这样你就可以玩我生日时买的新游戏盘啦。”

所以他知道了，知道我已经没有游戏机了。他是什么时候发现的呢？

我现在也理解了他的用意，他在向我示好，希望签订“和平条约”来终止这场“战争”。所以相应地，我也应该提供一些回报。我用眼睛在房间里搜寻着，希望能找到一些好东西。

有什么东西是我有而欧内斯特想要的呢？想来想去，我只能想到自己。

“不，哥们，你自己留着玩吧。等我好了就去找你，那时候你就可以向我炫耀你的等级啦！”

他也笑了！我们这几个月没有说话的尴尬很快就消失了。

---

[1]“任天堂”是全球最具有影响力的游戏开发商，现代电子游戏的先驱。文中指代任天堂的一款游戏。——译者注

那些沉默的日子似乎一下凝结成友谊的一部分，就像钻石的一面，就像是珍宝。

电话里传出“呲呲”的信号干扰声音。我斜靠窗子，凝视着后院漆黑的土地。在那个橡树桩上，散落着好多小树枝丫，就像是抽木片游戏里的细木棒。

沉默了一会，欧内斯特说：“好啦，我要——”我听见那边传来他母亲的叫喊声。

“等等，”我看着那些细木棒，思绪万千，“如果伊莎贝拉有的话，你可以带给我一些东西。你问问她。”

“行，你需要什么？”

“彩色的吸管，越多越好。”

几分钟后，欧内斯特就过来了。他问我这些吸管的用处。此时，母亲已摆好晚饭，我并不想告诉她或者其他人，因为他们都不能理解。

没有人能理解，只有盖尔。

至少，我希望她懂得。

吃晚饭的时候，母亲一边把盛土豆泥的盘子递给我，一边说道：“有关金先生的事情，你听说了吗？”

父亲没有来餐厅吃饭，他刚刚去过卡特琳夫人家，跟母亲说他很疲倦，早早休息去了。于是我们压低声音继续交谈着。

“不知道，他现在怎么了？”

“他病得很重，快要死了。楚迪修女今天下午告诉我的。据说是在房前的走廊处被什么袭击了，非常恐怖。”

我不敢看母亲。是我在那儿的时候发生的吗？那时候金先生看上去的确像生病了。我曾经也确实希望他能死。本来以为听到他死了我会很开心，可是现在，我只觉得难受。我尽力吞下饭，然后问母亲：“怎么回事？”

母亲继续说着：“他估计是跌倒了——楚迪修女的儿子保罗是个护理工，你认识的————鼻青脸肿的。保罗说应该是心脏病，但金先生不愿去大医院治疗。他只是按医生的单子做完检查就回家了。那个可怜的人，孤单单的就他自己一个人。”

我什么也没说，浑浑噩噩地吃完盘子里剩下的食物。

即使他生病了又怎样？如果说县城里有谁应该得心脏病，那一定是他。

我一点儿也不在乎。我是指，我总不能因为他得了心脏病而被指责吧，不是吗？

我找了个理由从餐厅出来，拿着那些吸管走出门去。我不会再理会金先生的事情，因为我有更重要的事情做。

而这件更重要的事正是我弥补之前过错的唯一机会。

第二十九章

过了一会儿，她终于决定拉开袋子查看里面的东西。当她大笑着过来拥抱我的时候，我很惊讶自己竟然没摔下去。我们好端端地坐在树枝上，摇摆着，直到我再次正常呼吸。

第二天，我似乎花了很长的时间才跑到卡特琳夫人家。

也许是昨晚的暴风雨让街道上多了坑坑洼洼，所以阻碍了我的行程；也许是因为我自己拿着一大袋东西，不得不慢慢地跑，以确保里面的东西不被损坏；也许是因为我很忐忑，不知道盖尔看见我时会有什么反应。我担心她根本不会从屋子里出来见我。

一想起前天的尖叫声，那个我希望是电视机里发出的尖叫声，我就立刻把袋子提到胸前，加快了速度。我必须见到盖尔，必须确认她是安全的。

现在时间还很早，路边的街灯都亮着。所以我到达卡特琳夫人家的时候，太阳才刚从天边升起。

我本打算先敲门，却听见后院的“合唱团”开始晨练：知更鸟、山雀、麻雀——有成百上千只鸟，商量好的一样，都在此刻歌唱。这场景让我有了新的主意。

我慢慢地走进后院，不想惊扰任何一只鸟，还有盖尔，如果她也在的话。

我的眼睛自动扫到悬铃木所在的位置，那里只剩下一个树桩，我答应过卡特琳夫人几天后会烧掉它。树桩的断面上，依稀看得见残存的淡淡锯齿印，它们本应被密封剂遮盖住的。

院子深处，鸟儿们还在鸣叫，发疯了一般。我走近几步，想看清楚它们栖息在哪里。我的脚踩在潮湿的草坪上，一股清凉的水汽沁入鞋内，我没有管它，继续向前。后面的栅栏还有几棵树：雪松、榆树，还有两棵红橡树。虽然没有悬铃木那么大，但也足够让喜欢爬树的小孩随意攀爬。

这些树简直就是鸟儿的王国。它们栖息在上面，高声歌唱。我突然看见一个影子在它们中间移动，对于鸟儿而言，这个影子太大了些。

“盖尔，是你吗？”我喊叫出来。

一时间，所有的鸟儿都飞起来了。有一些飞向我，愤怒地像在袭击想要夺走它们鸟窝的猫。其中一只知更鸟在我拍打它之前又飞回来，停在栅栏上。

我站在红橡树下对她说话：“盖尔，我给你带了一点儿东西。”我能看见她在清晨的微风里瑟瑟发抖。“下来！”

她没回应我。

“求你，我带了东西给你看。”我再次尝试叫她。

“回家吧，小约翰，”她过了一会又说道，“你让我很难过。”

“对不起，”我连忙认错，“我知道我伤害了你，我没有遵守诺言。”

“你杀了我的树，”很长的沉默后，她又开口说，“你是我的朋友，我没想到你真的会这样做。”

“我也是没办法。”

一只停留在榆树上的鸟儿开始鸣叫，像在模仿我的声音：没办法——没办法——没办法。盖尔向它“嘘”了一声后，停了下来。

“我知道，我也可以理解。但它被毁了。”盖尔哭起来。

她说得对，我做什么也没法挽回。

我再次问她：“你不下来吗？”

“我在寻找爸爸妈妈。他们告诉我如果哪天我迷路了，就找到我的树，然后在我的鸟窝里等。”想起鸟窝，她又抽泣起来，“他们会来的，他们说过一定会找到我。”

她还在谈论她的父母，仿佛他们都还活着。我没有阻止也不介意。因为我也很长时间跟母亲一起假装芮琳还活着。每个人都有自己的方式来学习如何看待死亡。就像如果盖尔觉得她自己就是某种鸟儿，我也不会介意。我只是不想让她太过伤心。

“他们会在天上看着你的，盖尔，不用担心。”

“不，他们不会。”她的声音里充满了绝望，而这是我不能理解的。

“为什么？”

“我的树没了，我的鸟窝也没了。”

“也许是，也许不是。”我还是问她，“你打算下来，还是在上面待着？”

“不。”

“好吧。”我更像是在对自己说。我就知道会是这样的结果，当我看见她一个人在树上瑟瑟发抖的时候，我就知道。

“是该做个男子汉的时候了。”我把手放在粗树干上，然后用嘴咬住塑料袋，不去想自己在干什么。

几次攀爬后，伴着不太稳定的脚步，我终于站在橡树的树弯处，这里离盖尔只有几步之遥。我根本不敢朝下看，因为一旦望下去，我就会眩晕，就会想起那时发生在芮琳身上的惨剧——而那种恐惧会让我窒息。长时间咬着袋子，我的嘴巴非常干燥。恐惧让我的手掌一直冒汗，所以摸着树干也异常湿滑。我又走了一步，一大块树皮从树上剥落，砸在地上。我闭上眼睛深深呼吸。再次睁开眼睛时，我努力朝上看，试图拉住盖尔坐着的树枝。那节树枝非常高，但比较坚固，还是能够承受住一个孩子的重量。

我尽量偏移自己的重心，以免加上盖尔的重量压断整个树枝。我的心脏蹦得厉害，听起来像早餐时活活吞了一只啄木鸟，这是我生命里最最害怕的时刻。

“小约翰？”盖尔回头看见了我，惊讶极了。我想提醒她小心，可嘴里塞着个袋子根本不能说话，我又不想让袋子掉下去。

“小约翰！”她挪了过来，说，“你这个大秃子！”

我努力展开微笑，咕哝出一句：“你也是！”

她摸着我的头顶，感受上面不均匀的发茬，“咯咯”笑了：“你看我们多配，你的脑袋像鸡蛋。”

“谢谢！”

“你的头发呢，小约翰？”

在我确定自己牢牢地盘绕在树干上，终于安全之后，我腾出手来拿袋子：“我给你做了些东西。”

她小心翼翼接过去，生怕里面装的是蛇一类的坏东西：“这是什么？”

我笑了，因为我无数次地猜想她能否能理解这些东西的含义：“是宝贝。”

她皱着眉，想把袋子还给我，但我再次推给她，说：“这次是真的宝贝，打开吧。”

过了一会儿，她终于决定拉开袋子查看里面的东西。

当她大笑着过来拥抱我的时候，我很惊讶自己竟然没摔下去。我们好端端地坐在树枝上，摇摆着，直到我再次正常呼吸。

“我们现在能下去吗？”我问她，“在这么高的地方，我的脑袋根本没法思考，我好害怕。”

盖尔大笑着，摇摇头说：“可我们离地面很近呀！”我随着她的话朝地面看。她还说：“你只要压低身子朝下看，就会发现自己一蹦就到地面啦。”

“你说得对。”我撑着胳膊从树弯朝下看，发现自己的脚离地面还不到十英寸。于是我跳下去，舒服地安全着地。

“真尴尬呀，”我朝盖尔看去，“我都忘了自己是个大个子啦。”

盖尔把我送的礼物抱在胸前说：“接住！”

她跳了下来，像一只小小鸟，颤颤巍巍地从小窝里跳下来。

而且，我真的接住了她。

第三十章

“就像我妈妈说过的，我已经找到了我的窝，还有我的树。”她抬起头，愉快地笑了，她开始欢呼雀跃起来，“这就是我需要的！我现在可以了，树，我现在可以帮助你了！”

盖尔迅速拆开袋子，比圣诞节拆礼物的小孩还急迫。“这是我能想象到的最好的礼物。”她说着，挨着我坐下。我忽略了地面的潮湿，忽略了周围鸟儿的嘈杂，忽略了所有的东西。我只在意盖尔，还有她手里捧着的鸟窝。她又推推我，把鸟窝举起来。这个鸟窝只有八英寸大小，是我用吸管、小树枝还有其他的小东西一起编织的。盖尔已然把它当成了自己的珍宝。

“这是一个很珍贵的鸟窝，你想听我说一说吗？”

“好。”

我越过她的胳膊，指着鸟窝说：“这些树枝是我家后院一棵树上的。”我停顿了一下，应该告诉她是那棵树吗？不过，她已经猜到了。

“你妹妹的那棵树？”

“对，就是那棵。她最爱的那棵树。”

我清清嗓子：“那些吸管是邻居家的小妹妹伊莎贝拉的。她是芮琳最好的朋友。以前她们总爱用吸管编各种小动物，她们很喜欢那些小手艺。”

“还有彩带？”她看着那些穿插在吸管里的带子。

“那是芮琳的发带，她曾经有一头很长的秀发，妈妈每天都给她编辫子。”

盖尔拿起躺在窝里的三块石头。

“它们是宝石。”她说着，举起一块放在阳光下。

“不，这些是烟晶。五岁的时候爸爸给我的。有段时间我觉得自己足够大了，不应该再玩这些小东西，于是就把它们扔了。我最好的朋友欧内斯特找到了它们，于是去年又转送回来给我。”

盖尔敲打着空空的鸟窝：“真柔软。”

她的手指触摸着鸟窝丝滑的纹路，又伸过来触摸我脑袋上的发茬。

“我不想让你成为县城里唯一一个小秃头。”那些铺在石头下面的头发是我专为石头打造的小床。我的手指划过脑袋左边的发茬，想着母亲若瞧见我的模样会怎么想？她肯定觉得很讨厌。父亲呢？他肯定以为我想模仿水手。不过他们怎么想都没关系。

“只是头发而已，我本来就需要它们填充你的鸟窝。本来想试试羽毛，可我没有呀，我也不是鸟。”我假装看看自己的胳膊和腿，仿佛自己一扑棱就会飞起来。

“谢谢！”

盖尔缓缓站起来，朝悬铃木树桩走去。她到达以后，把我做的鸟窝放在上面。此时的院子里有昆虫和鸟叫声，有树叶的沙沙声，和果子掉落的声音。

“如果我再大一些，就能修补好所有的东西。我就能帮助你的爸爸妈妈，还有我的树。”她叹叹气，“只是我太小了，而所有的一切早就坏了。”

当她说“坏了”的时候，停落在卡特琳夫人家的每一只鸟儿都飞了起来，盘旋着，就像漂浮在天空中的窗帘。我看着它们翅膀和谐地闪动，以致分不清是什么让盖尔放声大哭起来。直到我回头的时候，才知道原因：是他。

是金先生。至少，是金先生的头。

他在栅栏的另一边，不知拄着拐杖还是椅子。即使在这凉爽的清晨，他的脸也异常鲜红。他的头发没有梳理，乱糟糟地四散开，就像土耳其秃鹫的羽毛。

盖尔快步走到悬铃木边，把那只鸟窝紧紧搂在怀里，像是握着一块盾牌。

“抱歉让你受到惊吓。”金先生小声地说，“只是，我听见你们说话。我以为，你有可能会唱歌。”一阵咳嗽声打断了他的讲话。

我想警告他离开：“去——”

盖尔则打断我：“我不会为你唱歌的，你是个坏人。”

金先生又咳嗽几下，片刻消失了。当我再次看见他的时候，他的脸非常恐怖：他苍白的脸上爬满了红色的斑点。我想起母亲所说的传言，他应该快要死了吧。

我本应该很高兴。可是他的脸上布满了泪珠，眼里也全是血丝，整个人相当绝望。是的，我一点儿也高兴不起来，内心只有怜悯和难受。

“你应该回家了，你在这儿是没用的。”我对金先生说完，走到盖尔身边，把她护在我的身后，我不想让她看见金先生的模样。

“小约翰，”他喘着粗气，四处张望，像是被关在笼子里的鸟儿想找到出口，“我说过，我必须听她的歌声，就一次，一次，我付你钱，我付给你两千美元，三千！”

当他看见我摇头的时候，他几乎咆哮起来，声音也变得异常生硬：“你的家庭需要钱，你父亲还有很多医药账单要付，如果我不帮忙出钱的话。你父亲还无法干活。想想看那时候你该怎么办？我只想要你最后一次带她过来。”

我能感到盖尔在我身后的紧张，她的手紧紧拽着我的 T 恤。“三千美元？”我的声音越来越低，“三千美元？”

“对对对！”他声音微弱，身子一歪，头低下去又抬了起来，像个溺水的人试图抓住飘过的一根树枝，“还可以更多。”

“三千美元，”我最后一次重复说，“你不懂，金先生。”我把手放在身后，抚摸着盖尔所剩无几的头发，温柔安抚发抖的她。“世界上再多的钱也没法再诱惑我。世界上没有什么东西——你的百货公司也没有——能驱使我同意盖尔和你待在同一间房里。”

“但是——”他的眼珠好像要爆出来一般，“但是，我就要死了。”他突然泄气了，声音听起来非常绝望：“你看，我就要死了。我真的需要听她唱歌，一次就好。”

“不！”我感觉到盖尔在我身后颤抖，“我很抱歉。我不会再让你靠近盖尔的。绝不。”

盖尔在我身后抱着我小声说：“谢谢你，树。”

“不用谢！”我正打算转身带盖尔回到卡特琳夫人的家，却突然听见有人跌倒的声音。

是金先生。

接着，是微弱的痛苦的呻吟。接着又听到喊“救命”的声音。

盖尔继续朝回走，我却停住了脚步。我在思考自己应该怎么做。毕竟他现在独自一人，周围也没有其他人听见他的哀号。

我很想让他死去，而且就在几天前，我还为此事计划行动。但是此时此刻，听着他在栅栏那边绝望的呼救声，我却没有办法。我没办法走开，即使他根本就不配。

“盖尔，等等，在这里待着。”

我还是跑过去，靠近栅栏，看看那里发生了什么。

金先生躺在地上，他的身躯在紫色睡袍下蠕动。赤裸的双腿像枯败的树枝，双臂也蜷缩在胸前——那里还有跌倒时的擦伤痕迹。一把椅子倒在另一边，椅子腿陷在潮湿的泥草中。

“救命！”

我立刻翻过栅栏问他：“需要我打911[1]吗？”我想他可能心脏病发作了，“需要救护车吗？”

他艰难地用双手环抱我的腰，却说不出话来。

“盖尔，去找卡特琳夫人打911！”

“好！”

我坐在金先生身边，听见树叶和杂草被踩过的声音。大约有十分钟，他的手一直紧紧环抱住我的腰，我被他紧紧捆着，以致手指都丧失了知觉。

接着，一只温暖的手抚摸我的肩膀。盖尔跑回栅栏边，站在那，手里拿着我送给她的鸟窝。

“你受伤了，小约翰。”她拿起我的手检查，上面有我翻栅栏时蹭到的伤口，正流着血。这会儿，也没有蝴蝶绷带可以包扎。

---

[1] 911是美国通用的报警电话号码。消防电话、急救电话、警报电话都是911。——编者注

“不要紧，你应该回去。”

金先生正用放光的眼睛盯着盖尔。我想让她走，赶紧离开这里。金先生可能会死，但是谁又能确定呢？和他这样的人待在一起，永远都没有安全感。

“好，我一会儿会唱好它。”

唱好它？我笑了。她的意思是要变成那个“盖尔”，在我背叛她以前那个能够治愈伤口的“盖尔”？如果她觉得能唱好我的伤口——她能再次唱歌——那么她可能会——

“原…原谅我好吗？”

我回过头，想知道金先生是否看穿我的想法。

可是他根本没有看我，而是盯着盖尔。“求……求你，”他真的很虚弱，每一个词都说得无比艰难，“原谅我好吗？”

我扭动自己的胳膊，终于成功摆脱了金先生。盖尔伸开双臂朝我跑来。我抱起她，小心翼翼地不弄坏她的鸟窝。盖尔躲在我的怀里，将脸藏在我的肩上。

为了盖尔，我朝金先生摇摇头说：“太晚了，她失去了歌喉，没有了头发，也没有了自己的小窝，这一切都是拜你所赐，”我深吸一口气继续说道，“当然，也是拜我所赐。自作自受吧！”

我也早就知道，总有一天要品尝苦果。

“我爱你，树！”一个声音从我的肩上传来。

这是第一次，盖尔叫我树的时候没有让我厌烦。

“我也爱你，盖尔！”我低声诉说，“我们回家吧，我们会给你找到一棵最完美的树的，好吗？”

远处传来鸣笛声。卡特琳夫人在栅栏的另一侧叫盖尔，她尖叫着指挥杰迪寻找盖尔的鞋子。

被我搂在怀里的小女孩发出夜莺般的声音：“不！”

金先生的眼睛慢慢合上，有眼泪流出来。我往前走了几步，本来想带盖尔回卡特琳夫人家，可是她说：“不。”

是对我说吗？

“什么？”

“就像我妈妈说过的，我已经找到了我的窝，还有我的树。”她抬起头，愉快地笑了，她开始欢呼雀跃起来，“这就是我需要的！我现在可以了，树，我现在可以帮助你了！”

“你不需要帮助我。”我打断盖尔，她却把手指轻轻放在我的唇边阻止了我。

“我又能唱歌了，我的歌喉回来了！我能感觉到，我想治愈你的伤口。”她用小拳头拍打着胸脯，开心地对我欢呼。

她张开嘴巴，周围的空气顷刻被奇异的魔法填满。

第三十一章

我伸出一只手捂住自己的耳朵——声音实在是太大了，震耳欲聋——意识到盖尔已经脱离我的怀抱被举了起来。不，不是被举起来，我张大的双眼看见的是——飞起来

这一定是魔法，即使像我这么一个从未见过奇迹或者魔术师的孩子，也能够辨认出这是魔法！

不然怎么解释发生的一切呢？

盖尔张开嘴巴，立刻流淌出几段流水叮咚作响似的旋律。我闭上眼睛，感受着她越来越暖的体温。她仿佛就是个小太阳，随时向周围传递热度，还有她柔美的声线，一起温暖我的手臂，我的胸腔。

逐渐地，她的身体变轻了，轻得快要从我的怀里漂浮出去。她是在漂浮吗？

我睁开眼睛，才发现自己早已哭了出来。“盖尔？”我低语着，声音淹没在有节奏的扑动的翅膀声中。成千上万只鸟盘旋在头顶的天空，它们一起沉默，只有翅膀挥动和清风吹拂的声音。

我们都在听盖尔唱歌，那歌声里传唱着一个故事：一棵树在暴风雨中，树枝不断折损。一个鸟窝随着其中一节树枝掉落在地上。柔顺的小小鸟在地面的枯树叶中死去。树上的叶子还在一片一片掉落，直到最后只剩下光秃秃的大树，只剩下两节树枝直直对着天空……接着，歌声变换了曲调……一只新的小鸟，迷失在暴风雨中，努力拍打着翅膀，可是抵挡不住猛烈的大风，快要坠落了。

坠落。

它坠落在那棵大树仅剩的两节枝干上。于是，小鸟和大树一起歌唱，歌唱叶子和羽毛，歌唱友谊和保护，歌唱和风与安全……一个金银色的鸟窝出现在它们身边。

这时，盖尔深深依偎在我的胸前，就像她歌唱的那只小鸟。我抱着她，天空中的小鸟越飞越低，齐齐落在地上，落在栅栏上，落在草丛里，落在我们的肩膀上。

甚至落在金先生身上，他满脸通红，喘着粗气，但是随着停落在身边的小鸟，他的呼吸也变得平稳安静了。小鸟安静地停在他身上，像是一层温暖的被子。

盖尔的歌声回荡在周边。有两个回声非常和谐，深邃，饱满，从金先生的领地回荡过来。

“盖尔？”我叫出来，这根本不是她的声音。她的嘴巴张得大大的，就像小小鸟听见母亲回来的声音——接着，她拉紧了我，又开始唱着，更嘹亮，更清澈，比以往任何时候都要甜美。

当所有的鸟儿都和盖尔一起鸣唱时，我听见金先生喘息的声音。所有的鸟儿飞起来，再次盘旋在我们上空，形成一个圆圈，混合着心脏的跳动声，翅膀的拍打声，还有歌声，简直就像旋转的龙卷风。

在风中，我眯着眼睛，随着羽毛急促地飞过，我不自觉地闭上眼。这些鸟儿几乎飞到我的脸上，那种感觉，就像我也要成为绒毛一般。

绒毛——就像我抓着的盖尔。我摇晃双手，是真的。她看上去十分柔软，就像芮琳的头发，甚至更加柔软。我的手指掠过盖尔的脖子，我敢发誓，我触摸到了羽毛。

蓬松的羽毛沿着她的胳膊延伸到她的脸上，我真希望自己能够睁大双眼看清楚究竟发生了什么。

我伸出一只手捂住自己的耳朵——声音实在是太大了，震耳欲聋——意识到盖尔已经脱离我的怀抱被举了起来。不，不是被举起来，我张大的双眼看见的是——飞起来。

“盖尔？”我大喊着，拼命把盖尔拉回我的怀里。可是，她走了，融进歌声的漩涡里，我想，有些东西改变了。

鸟儿停在我的身上，像是用声音和温暖织就的毯子落在我的身上。我想我已经失去了知觉。

等我醒来的时候，发现自己躺在地上，旁边是金先生，盖尔的鸟窝紧握在我的胸前。

可是，盖尔走了。

第三十二章

我最终还是接受了这笔钱，它们用在了该用的地方父亲母亲很幸福。我们住在了属于自己的房子里，我们能买自己需要的东西，虽然并不富裕，但是足够父亲的疗养费用，也能让母亲得以治疗。兰丁牧师夸奖我成了一个真正的男子汉

后来，所有的人跑来询问我发生的事情，我没有告诉他们。这不是我这样年龄的孩子可以解释清楚的，他们也不可能相信。事实上，我用了很久的时间才让自己相信。

那一切就像一场梦，一场幻觉。

但我知道，深深地明白，那是魔法，又不仅仅是。

父亲母亲问我的时候，我尽力贴近现实地编造了一个故事讲给他们听。我告诉他们金先生感觉不舒服，认为自己心脏病又犯了，所以我叫了一辆救护车。

“然后，他突然之间就好了，就好像自己没有生过病一样。”当然，这并不是实情。在盖尔开始唱歌之前，他已经快不行了，差点儿就死了。

当停在他身上的那些鸟儿飞走后，金先生活了过来，而且很健康。就像我被治愈的胳膊。也许，比治愈后的还要健康。

有些事情，变化了。也许……是原谅？

金先生再也没说过话，我和县城里的所有人再没有听见他的声音。像是那些鸟儿把他的声音也带走了，带到了天上。

两周以后，金先生还是死了。

他是在录音棚里被人们发现的，那里的窗子全部开着，他双眼紧闭，就像睡着了一样，冰冷的脸上带着微笑。那个护理工保罗说金先生是自然死亡的，虽然他自己仍旧觉得有些奇怪。房间里全都是羽毛，各种鸟的羽毛，还有很多葵花籽壳以及小颗的谷粒。看上去就像是这两周他一直在喂养那些飞进窗户的小鸟。律师读他的遗嘱时,所有的人——教会的、学校的，甚至是我们全家，都惊呆了。

没有人知道原因，有些人包括卡特琳夫人都认为金先生应该是发疯了。

“可是为什么他会把所有的钱都转赠给我们呢？”父亲很疑惑，“你肯定不只叫了救护车。”我耸耸肩，没有解释，因为无论怎么说都不是最好的答案。用父亲的话说，根本就没有魔法这回事，除非人们在谈论钱的时候。

起初，我并不想接受金先生的遗产。既然他已经死了，盖尔就彻底安全了。要是她还在这里,我应该会把钱全部给她，如果……可是，她已经不在了……飞走了，也许是……

我最终还是接受了这笔钱，它们用在了该用的地方。我们住在了属于自己的房子里，我们能买自己需要的东西，虽然并不富裕,但是足够父亲的疗养费用,也能让母亲得以治疗。马丁牧师夸赞我成了一个真正的男子汉。

有次做完礼拜以后，他问我：“如果你不介意我问的话，孩子，你真的不知道金先生为什么要把钱留给你吗？”

“我想他只是想报恩吧。”

每一次他们问我这个关于钱的话题时，我都这样回答，他们总是会猜想我当时到底做了什么，因为这笔钱并没有让我快乐。

我要怎么解释给他们听，如果我能留住盖尔的话，我会把那每一分钱都还回去。

每个人都在问我那一天的事情。不仅仅是关于金先生，他们也会问关于盖尔。那一天，救护人员，教会的人，警察，督察员……他们来的时候都在问我。

“她跑了，”我说，“她当时正在唱歌……然后就离开了。我没有跟过去，因为我不能离开金先生。所以，我不知道她去了哪里，不过我觉得，她是回家了。”

这些都是事实。警察没有再询问下去。后来的几周，所有的人都在找她。

县城里到处张贴着她的照片，上面写着她的名字：苏珊·麦格尼格尔。照片应该是福利院的人一年前拍的，她穿着件带褶儿的短袖，头发被精心梳理过，看上去更加年轻，瘦小。她漆黑的眼睛充满了悲伤，嘴巴紧紧地下拉着。有人在百货公司外面张贴了更大的寻人启事，邮局里也有，甚至有悬赏金额。上面写着：有没有人见过这个女孩？

可是，没有人找到盖尔。

自从弄丢了盖尔，卡特琳夫人再也不能收养孤儿了。这是一件好事。

人人都知道那天的事情还有很多隐情，很多我没有说的故事，所以很长时间后，我还能看见别人脸上那些奇怪的表情。可是，那些隐情，即使发生的时候我一直都在，我还是久久不能相信。

慢慢地，没有人再问我，我再也不用每次都编故事了，我感觉好受点儿了。只是好一点儿。

即使有欧内斯特在，我仍旧觉得孤单，像一年前那样孤单，那时，芮琳刚刚去世。可是这次，没有人能理解发生的事情。所以没人会安慰我，没人给我带礼物或者送张卡片。因为一切看起来都是好的。

而我的心已经支离破碎。

几个月后。

一只小鸟站在我的窗边吵醒了我。我的生命里只听到过一次那样的鸟叫，是一个小女孩发出的。

我拿起自己做的鸟窝——那是我唯一带回家的东西，以防哪一天盖尔回来找我——走到院子里，想坐在芮琳的橡树桩上，静静地听鸟的叫声。

我到达的时候，伊莎贝拉已经坐在那儿了，听着同一只小鸟的叫声，在这温柔的夜里，像一条流动的小溪。

“你听见了吗，小约翰？你也是被吵醒的吗？”

她的深色衣服隐在夜色里，她圆圆的脸庞映照着皎洁的月光，像迷你版的月亮浮动在我家的后院。她是一个人吗？我看向栅栏，欧内斯特在那儿打着呵欠，头发乱成一团，我微笑着。

“嘿！你来照看她？”

“好，你快回去休息吧。我明天要教你最难的方程式。”

“你就想吧。”他困意浓浓地闪回自己的房间，知道我会好好照顾那个爱幻想的妹妹。

伊莎贝拉凝视着夜空，眉头紧锁。出神地听着鸟儿唱的歌。

“小约翰，你知道这是哪种鸟吗？”

“是夜莺。”我把鸟窝放在脚边。

“我以前从没听过，你呢？”

“嗯……听过一次。”

“跟我讲讲，你在哪里听到的。”

“好吧。很久很久以前，在一个不很遥远的王国——”

“小约翰，说实话！”伊莎贝拉揍我一拳。

“好吧，好吧，”我说着，假装她的拳头非常厉害，“不要再打我啦！”我斜靠在树桩上，伊莎贝拉靠着我。

“事情发生在我还是小男孩的时候。一只夜莺来到咱们县城，没有人认出它来，因为它装扮得像一个小女孩。”

“和我一样的女孩？”

“就像你一样。只是它迷路了，找不到自己的爸爸妈妈。它的爸爸妈妈对它说过，‘如果找不到我们，就去寻找一棵最特别的树，在那里搭一个鸟窝，然后用心地唱歌，我们就能找到你。’”

“她找到树了吗？”

“找到了。”

“那她搭好窝了吗？”

“有人帮她做了一个鸟窝，非常好的鸟窝。”

“那个是鸟窝吗？”伊莎贝拉看见地上的那个鸟窝，那个金银色发带编织的鸟窝在月光下微微闪动。

“也许吧。”我打趣道。

“她的爸爸妈妈找到她了吗？”

一只夜莺加入到了歌声里，又一只夜莺加入进来，它们在一起吟唱。

于是我们停止了交谈。

那优美动听的声音相互交织萦绕在我们身旁，夜晚也因此变得不可思议地美丽。

我擦了擦眼睛，告诉伊莎贝拉：“是的，是的，他们找到了那只小小鸟。”

我们坐在那里，很久很久，直到夜莺停止了歌声。

最后只剩下一种声音，那是清风吹过邻家大树，吹动宽阔叶子的沙沙声，那是我学会如何去爱的声音。

就像此刻的夜空，正在深深呼吸，准备唱首歌给那些喜欢的人听。

致谢

2009年的时候，我创作了一本名为《珍贵的巢穴》的图画书。随后，这个仅有四百多字的图画书故事经过内容的扩充以及体裁的转变，最终成了《树上的夜莺》这本小说，并受到了各界的关注，以及这么多朋友们的支持和喜爱。

非常感谢一直以来帮助我梳理框架并最终完成这个故事的朋友们：谢利·科内利森、辛西娅·史密斯、苏珊娜·温纳克、宝芬妮·埃热迪，以及我的经纪人苏西·汤森。

在此还要特别感谢两位功力深厚、见解深刻的编辑——劳拉·阿诺德和阿娇·莱文森。谢谢你们成为这本书的忠实读者，以及提出的宝贵意见。

我非常庆幸自己的人生中能遇到这么多非凡的老师：是你们给予了我知识，给予了我爱和安全感……这些都浇筑在我的血肉中，成为最坚实的后盾支撑我的成长。为了更好地怀念和感激，我将你们的名字都嵌在了书中的字里行间。非常感谢你们在课内和课外给予我的那些馈赠，我将永远铭记于心。

还要感谢我最最爱的孩子们：德鲁、卡梅伦，以及我的生命里的树——戴夫。

尼基·洛夫廷

译后记

夏日里的故事

一年四季轮回交替，春夏秋冬都蕴含独特的风景。我印象中的夏日总是酷热难耐，和满眼发了蔫儿的葱绿，尤其是午后漫长的时光以及永不停息的蝉鸣。当然，如果再遇到一场突如其来的暴雨，便会迅速变换成一番清新天地。还有那些染红天边的火烧云，夕阳下的飞鸟竹蜻蜓，茂密成林的翠绿大树，以及夏夜特有的繁星似水、微风虫鸣……这点点滴滴的夏日元素，都悄悄点缀在一个人的青少年以及童年时光里。也难怪那么多的青春迷惘，懵懂，憧憬，成长……那些青少年包括孩童的显著特质大多都携带着夏日的独有印记。

刚刚拿到原稿的时候，便翻开页面，迫不及待地猜想将会发生什么样的故事。看到了大树、飞鸟、歌声等字眼，以及主人公小约翰与好哥儿们的别扭场景，我便暗自惊喜，因为闻到了夏天的气息。然而，当一字一句地翻译时，我慢慢体会到这个被夏日时光裹挟的故事，充斥着淡淡的忧伤和愈合后的温暖。主人公小约翰一开始就被悲伤笼罩着，妹妹芮琳意外地从树上坠落死去成为他内心过不去的坎。这样的伤痛更让以往很疼爱自己的父母变得神经质和焦躁。所以，当无意间遇上了和妹妹芮琳相像却又不同的盖尔，小约翰也幸运地开始了自己和家人的救赎之旅。那个依傍着大树轻轻吟唱的善良女孩，就在那个充满了翠绿、阳光和飞鸟的夏日里，与小约翰互相依赖，共同成长，最终都找寻到属于自己的答案。而我，也随着翻译过程中的反复推敲与琢磨，再次体验了一场早已回不去的青春成长。

本书的作者尼基·洛夫廷出生并生长在美国的德克萨斯州，那里的人们强壮有韧性，老约翰这个伐木工的形象非常原汁原味。那里有广袤的土地、葱郁的树林、成群的飞鸟以及弥漫在空气中的狂野，这一切都和书中的自然景观吻合却又有所差别，因为外来者盖尔的到来，那个小县城多了一丝温暖和纯净，如同夏日微风拂面吹过。所以，在翻译的过程中，我努力尝试通过文字营造一种舒缓、悠长的夏日曲调，毕竟，这是一部关于孩子的内心成长史，希望他们能被这个世界温柔对待。

我所居住的城市奥兰多位于美国最南端的佛罗里达州。可以说，这里的一年四季几乎都是夏天，有沙滩、棕榈，以及让孩子们流连忘返的迪士尼和各种乐园。没有翻译这本书以前，我都沉浸在这里夏日的欢乐嬉戏之中。然而自从开始翻译这本书，我便逐渐地习惯一个人安静待在冷气十足的空调房里，透过几净的玻璃窗去审视外面的真实夏季、真实生活，去感受经历死亡、离散和悲伤后的孩子们如何在夏日的树林、飞鸟和歌声里发泄自己的情绪，然后相互鼓励，最终释怀并迎接生命中的新阶段。他们的友谊、关爱、坚强和纯真，打动了我。也希望经由我的笔触更加贴切地表达出作者的意图，打动看这本书的你。

最后，谢谢能有这个机会翻译这本我喜欢的书；谢谢给予我指导和建议的编辑们；还要感谢无意间搜到的一首曲子《未闻花名》，以及它背后的另一个夏天的成长故事。是它们让我在遇到翻译难题时能茅塞顿开，峰回路转，最终完成整部书稿。

希望你们能喜欢这部小说，喜欢每一个抒写在夏日里的故事。

孙榕潞

魔法象故事森林·少年游

《蜻蜓池塘》ME001

〔英〕伊娃·伊博森／著　陈红杰／译　张小妹／绘

定价：34.80 元　　出版：2016 年 1 月

成长并不意味着放弃个性。忠于内心，才能到达远方。

英国文学巨匠、卡内基文学奖提名奖得主伊娃·伊博森作品。

入选 2016 年 3 月新浪“微博童书榜”（7~14 岁年龄组 TOP3）

入选《全民阅读好书推荐书目（2015~2016）》

入选广西师范大学出版社 1986~2016《30 年 300 本好书》

《手中都是星星》ME002

〔德〕拉菲克·沙米／著　王洁／译　么么鹿／绘

定价：29.80 元　　出版：2016 年 1 月

献给每一个紧握梦想的孩子。

已被翻译为 18 种语言，在多个国家广为流传，2012 年维也纳市民共读图书，2015 年德国科隆市“城市之书”。

入选 2016 年 3 月百道网“中国好书榜”（少儿类）

入选《全民阅读好书推荐书目（2015~2016）》

入选广西师范大学出版社 1986~2016《30 年 300 本好书》

《谢谢你，山谷！》ME003

〔美〕尼基·洛夫廷／著　朱菲／译　马岱姝／绘

定价：29.80 元　　出版：2016 年 1 月

致所有渴望被倾听的男孩女孩。

美国畅销儿童小说作家力作，倾听孩子内心，感受自然之力。

入选 2016 年全国教师暑期阅读推荐书目（第三批）

入选 2016 年 3 月新浪“微博童书榜”（7~14 岁年龄组 TOP20）

《无人知晓的心愿》ME004

〔美〕弗朗西丝·奥罗克·多维尔／著　邸笑飞／译　　么么鹿／绘

定价：29.80 元　　出版：2016 年 1 月

送给成长路上点亮我们生命的朋友。

美国埃德加·爱伦·坡最佳童书奖作者力作，为孩子演绎的友情之歌。

入选 2016 年 3 月新浪“微博童书榜”（7~14 岁年龄组 TOP20）

《秘密学校》ME041

〔美〕艾维／著　陈宇飞／译　　么么鹿／绘

定价：26.80 元　　出版：2016 年 5 月

做自己命运的主宰者。

美国纽伯瑞儿童文学奖得主艾维力作，“秘密”背后是孩子勇敢的尝试。

《莫吐儿传奇》ME042

〔俄〕肖洛姆－阿莱汉姆／著　姚以恩／译　　陈伟　杨静／绘

定价：26.80 元　　出版：2016 年 5 月

于困苦中生出勇气，于荒芜中开出花朵。

世界著名作家肖洛姆－阿莱汉姆逝世 100 周年纪念版，孩童的烂漫洋溢在朴素的故事中，使这部犹太平民之书格外天真可爱。

《驴子的回忆》ME043

〔法〕塞居尔夫人／著　马爱农／译　　子炎／绘

定价：26.80 元　　出版：2016 年 5 月

如果一头驴子能得到温柔的对待，它是绝不会凶的。

法国著名儿童文学作家塞居尔夫人的经典作品，一部有趣而发人深省的驴子回忆录。

《月光下的冒险》ME044

〔英〕玛丽昂·圣约翰·韦伯／著　孙昱／译　　李志宇／绘

定价：26.80 元　　出版：2016 年 5 月

相信童话，开启不可思议的奇幻之旅。

英国著名儿童文学作家玛丽昂的经典作品，一部儿童文学界的“世界名著”。

《蜻蜓昆丁的生命之旅》ME053

〔法〕格文纳艾勒·大卫／著　余婷婷／译　　梁琴／绘

定价：26.80 元　　出版：2016 年 11 月

一只小蜻蜓的生命历程，一部大自然的绚丽史诗。

法国昆虫学家格文纳艾勒·大卫的自然小说力作，科学观察与文学创作完美融合，淋漓尽致地展现了一只蜻蜓的瑰丽人生。

《忠犬八公》ME054

〔西〕路易斯·普拉茨／著　〔西〕苏珊娜·塞莱伊／绘　　轩乐／译

定价：29.80 元　　出版：2016 年 11 月

等待，是为了永不忘记爱我的人。

西班牙著名作家路易斯·普拉茨的动人之作，2014 年荣获西班牙巴塞罗那最重要的儿童文学奖项约瑟夫·M. 福尔奇·伊·托雷斯儿童文学奖，2016 年荣获德国国际青少年图书馆白乌鸦奖。

入选 2016 年 12 月新浪“微博童书榜”（7~14 岁年龄组 TOP1）

《冰心的故事》ME065

徐鲁／著

定价：29.80 元　　出版：2016 年 12 月

把爱的哲学寄小读者。

中国著名儿童文学作家徐鲁的倾情之作，以浅白的文学性语言讲述了冰心的人生经历和文学思想，呈现出冰心笔下“爱的哲学”这一主题。

《树上的夜莺》ME0069

〔美〕尼基·洛夫廷 / 著　孙榕潞 / 译　么么鹿 / 绘

定价：34.80 元　　出版：2017 年 3 月

成长，是你逐渐意识到，没有人为你做决定，你要自己面对问题。

美国著名儿童文学作家尼基·洛夫廷的感人之作。灵感来源于安徒生童话《夜莺》，树上的女孩盖尔穿透黑夜的用心歌唱，教会男孩小约翰如何独自成长、如何去爱。